作品導讀

關於作者

查理斯．約翰．赫芬姆．狄更斯（Charles John Huffam Dickens）是英國最著名、最多產、最受歡迎的小說家之一，也是最為國內讀者熟悉的外國作者之一。他的作品至今依然廣受讀者喜歡，對英國文學發展乃至世界文學有著極為深遠的影響。

一八一二年二月七日，狄更斯出生於英國的樸資茅斯（Portsmouth），是海軍職員約翰．狄更斯和伊莉莎白．巴羅所生的第二個孩子。在他五歲時，全家就遷居占松（Chatham），十歲時又搬到康登鎮（Camden Town，今屬倫敦）。

在狄更斯年幼的時候，家境還算富裕，他曾在一所私立學校接受一段時間的教育，但在他十二歲時，父親因無力還債而被關進監獄，一家人隨著父親遷至牢房居住，狄更斯也因此被送到倫敦一家鞋油場當學徒，每天工作十個小時，或許正是由於這段經歷，狄更斯備嘗艱辛、屈辱，看盡人情冷暖，讓他關注到社會底層人民的生活狀態。小說《大衛．科波菲爾》（David Copperfield）就與他的這段經歷有關。

後來，狄更斯的父親繼承了一筆遺產，家庭經濟狀況有所好轉，他因此重回校園。十五歲時，他從威靈頓學院畢業，從事律師工作，後來又轉入報社，成為一名議會記者，採訪英國下議院的政策辯論，也時常環遊英國各地採訪各項選舉活動。這時，他開始在各刊物上發表文章，最後收編成《博茲札記》（Sketches by Boz），這是他的第一部散文集。但真正使他成名的是一八三六年出版的《匹克威克外傳》（The Pickwick Papers），全書透過匹克威克與三位朋友外出旅行途中的各種遭遇，描寫了當時英國城鄉的社會問題，此部作品讓他一舉成名，還因此出現了「匹克威克熱」，英國城市的街頭出現各種各樣與匹克威克有關的商品，本書也成為世界文學的經典名作。

之後，狄更斯連續出版了多部廣受歡迎的小說，包括了《孤雛淚》（Oliver Twist）、《尼古拉斯．尼克貝》（Nicholas Nickleby）和《老古玩店》（The Old Curiocity Shop）。他作品的主要特點是將社會評論與幽默結合，題材的灰暗色彩往往被書中的喜劇情節所淡化；筆下人物的心理並不複雜，但個性鮮明，能讓讀者留下深刻印象。而隨著時間的推移，後期作品中喜劇成分逐漸減少，出現更多強烈的社會批判，如《艱難時世》（Hard Times）、《雙城記》（A Tale of Two Cities）、《荒涼山莊》（Bleak House）、《小杜麗》（Little Dorrit）和《遠大前程》（Great Expectations）等。

◎主要作品

《博茲札記》（Sketches by Boz）——一八三六年

《匹克威克外傳》（The Pickwick Papers）——一八三六年

《孤雛淚》（Oliver Twist）——一八三七年—一八三九年

《尼古拉斯．尼克貝》（Nicholas Nickleby）——一八三八年—一八三九年

《老古玩店》（The Old Curiocity Shop）——一八四〇年—一八四一年

《巴納比．拉奇》（Barnaby Rudge）——一八四一年

《美國紀行》（American Notes）——一八四二年

《小氣財神》（A Christmas Carol）——一八四三年

《馬丁．翟述偉》（Martin Chuzzlewit）——一八四三年—一八四四年

《董貝父子》（Dombey and Son）——一八四六年—一八四八年

《塊肉餘生錄》（David Copperfield）——一八四九年——一八五〇年

《寫給孩子看的英國歷史》（A Child's History of England）——一八五一年—一八五三年

《荒涼山莊》（Bleak House）——一八五二年—一八五三年

《艱難時世》（Hard Times）——一八五四年

《小杜麗》（Little Dorrit）——一八五五年—一八五七年

《雙城記》（A Tale of Two Cities）——一八五九年

《遠大前程》（Great Expectations）——一八六〇年—一八六一年

《我們共同的朋友》（Our Mutual Friend）——一八六四年—一八六五年

《艾德溫·德魯德之謎》（The Mystery of Edwin Drood）——未完成

一八七〇年

關於《小氣財神》

於一八四三年出版，這部小說是狄更斯三部聖誕故事的第一部，其他兩部為《鐘聲》（The Chimes）和《爐邊的蟋蟀》（The Cricket on the Hearth）。這故事除了愉悅讀者，狄更斯還是像往常一樣，力求讓民眾認識到廣大貧民的悲慘遭遇。但他不是用布道說教的方式來喚起讀者的社會責任感，而是透過講述一個聖誕節期間發生的故事來呼籲讀者展現本性中善良的一面。

故事圍繞吝嗇鬼史古基而展開。對於史古基這個心胸狹窄、吝嗇貪婪的老頭來說，過聖誕節只不過是一個荒謬可笑、讓人揮金如土的陰謀。聖誕節前一天，史古基已故的生意夥伴——馬力的鬼魂來拜訪他，並告訴他在這個聖誕夜中將會有三個幽靈來找他。正如馬力所說，三個幽靈——過去之聖誕幽靈、現在之聖誕幽靈和未來之聖誕幽靈各來找了史古基一次，並為他指明了過去、現在和未來他為人處事的錯誤之處。過去之聖誕幽靈帶著史古基見證了他從無邪少年逐漸墮落成一個吝嗇鬼的過程；現在之聖誕幽靈引領他看了他的員工和外甥的快樂生活；而最後一位幽靈——未來之聖誕幽靈，則把史古基帶到未來他自己的墳墓前，孤獨地死去是史古基貪婪、自私一生的痛苦終結。在三位幽靈的幫助下，看到了自己過去自私和冷酷無情的真相，也看到了自己目前的真實情況，尤其是那些他想要逃避的事情真相。他也明白如果再以自己的方式繼續生活，未來將會是什麼結局。在聖誕節早晨醒來時，他終於

大徹大悟，因此，他選擇改變自己，他變得慷慨大方，有了仁慈的好心腸。從樂善好施中，史古基體會到了什麼才是生活的樂趣。

故事中描寫的史古基是典型資本主義社會初期以聚集錢財為目的的小資產者，史古基占有金錢卻不懂得享受金錢，他支配金錢又被金錢支配，他既是金錢的主人，又是金錢的奴隸。就連「史古基（scrooge）」這個名字都收編入字典中，成為吝嗇鬼、守財奴的代名詞。

但就像狄更斯說的那樣，不論我們多盲目，懷有多深的偏見，只我們有勇氣重新選擇，我們就有徹底改變自己的力量。史古基的轉變就給了我們這樣的啟示。

在當時的英國，聖誕節並不為多少人所知。狄更斯在書中以細膩的筆觸生動地描繪了聖誕節的各項活動，故事中的許多內容已成為聖誕節的約定風俗。如在節日的夜晚，全家人張燈結綵，舉行快樂的晚會，廳堂裡溫暖如春，歡快的頌歌悅耳動聽，引人注目的聖誕樹上懸掛著禮品盒，擺著烤鵝、葡萄乾布丁和新鮮麵包等美味佳餚的筵席令人垂涎三尺……甚至連「聖誕快樂！」（Merry Christmas!）這句問候語也是在該書中出版後，才被廣泛應用的。在物欲橫流的當今社會，《小氣財神》讓我們重新審視生活的意義，而本作品的真正意圖是要告訴我們：只有擁有一顆善良、仁慈憐憫和容忍的心，樂善好施，我們才能得到真正的幸福。

一八七〇年六月九日狄更斯因腦溢血與世長辭，被安葬在西敏寺的「詩人角」，他的墓誌銘是這樣的：「他是貧窮、受苦與被壓迫人民的同情者；他的去世令世界失去了一位偉大的英國作家。」（He was a sympathise to the poor, the suffering, and the oppressed; and by his death, one of England's greatest writers is lost to the world.)

我一直努力想寫這樣一本講鬼怪的小書，

我希望這本書能讓我的讀者不分季節，無論是跟自己還是跟他人，甚至是跟我都不失幽默。

希望這本書帶給大家歡樂，沒人會將它束之高閣。

你們真摯的朋友和僕人

查理斯·狄更斯

一八四三年十二月

I have endeavoured in this ghostly little book, to raise the ghost of an idea, which shall not put my readers out of humor with themselves, with each other, with the season, or with me. May it haunt their houses pleasantly, and no one wish to lay it.

Their faithful friend and servant,

C. D.

December, 1843.

STAVE Ⅰ：

MARLEY'S GHOST
馬力的鬼魂

故事是這樣開始的——雅各．馬力死了，而這是盡人皆知的事，根本沒人會懷疑，因為所有關於埋葬他的官方文件都已經簽署妥當。牧師簽了，官員們也簽了，處理葬禮的人員、送葬者也簽了，連史古基也簽了，而他正是簽署這些文件的最適當的人選，每個人都知道由他來簽署死亡的相關文件絕對是真正合法的！而老馬力確定已經撒手西歸，就像是釘死在門板的釘子一樣。

我之所以這麼形容，並不代表在我的認知範圍內可以證明門釘是最死氣沉沉的東西，這個譬喻蘊含了我們祖先的智慧，並不是我能隨意竄改的。因

此，請您允許我再次強調，馬力就像是釘死在門板上的門釘一樣，他真的死了！

史古基知道他已經死了嗎？他當然知道。如果連他都不知道，還有誰知道呢？他可是和馬力一起合作多年的生意夥伴啊！而且，史古基還是他唯一的遺囑執行人，唯一的遺產管理人，唯一的遺產分配人，唯一的剩餘遺產繼承人，唯一的朋友，唯一的送葬者。在為他的朋友舉行葬禮的當天，他不但沒有悲傷過度，還將商人本色發揮得淋漓盡致，以極少的花費辦了一場隆重的葬禮。

提到馬力的葬禮，又讓我想起故事開頭的那句話——雅各．馬力死了。對於馬力的死是毋庸置疑的了，這一點是必須清楚的，否則你對我接下來要說的故事便不感訝異了。誠如看《哈姆雷特》這部劇的時候，若不是認為哈姆雷特的父親在劇一開始時就死了，就不覺得他在深夜裡迎著東風在城牆上遊蕩有什麼好奇怪的了，儘管這舉動說穿了不過是一個中年男子從一個特定的場景中衝出來（比如說聖保羅教堂墓園）去嚇他兒子那脆弱的心靈罷了！

史古基並沒有把馬力的名字從店門口的招牌上塗掉。年復一年，馬力的名字一直在招牌上，上面寫著：史古基與馬力公司。公司是史古基和馬力一起創建的，有時新顧客會以為是「史古基公司」，有時以為是「馬力公司」，不過，怎麼叫他都無所謂，對他來說，不管公司叫什麼，根本毫無差別。

史古基是個精明的老傢伙，他像是一顆又硬又尖銳的打火石，任何鋼鐵都擦不出火花；他行事神祕，沉默寡言又孤獨。他那種從裡到外、表裡如一的冷漠，不僅凍傷了他的尖鼻子，冰皺了他乾癟的臉頰，冷僵了他的步伐，眼睛也凍紅了，嘴唇也凍紫了，連從他嘴裡土出來的字眼都凍得尖酸、刻薄又刺耳。他的額頭上、眉毛上和細長的下巴上都結了雪霜，他的冷漠甚至讓他周圍的一切都變冷了，雖是盛夏，辦公室也冷得像冰窖。即使是在聖誕節這樣的日子裡，他的辦公室也冷得像冰庫，完全感受不到一絲的溫暖。

無論是酷暑還是嚴寒，對史古基都沒有半點影響，不僅溫暖融化不了他，就連寒冷也無法凍傷他。他比狂風還刺骨，比大雪更不壞好意，比暴雨還更不近人情，惡劣的天氣根本無法與他相比，暴雨、大雪、冰雹、雨雪在他面前只有一樣可以誇耀的，那就是它們總是大方地「布施」，而史古基——從不！

當他走在街上，從不會有人停下來，愉快的問候他：「親愛的史古基你好啊，什麼時候到我家來做客啊？」沒有乞丐會向他乞討施捨一點零錢，沒有小孩敢向他問時間，也沒人會向他問路。既使是導盲犬也知道他，一看到他遠遠地走來，都會拖著主人轉入小巷，搖著尾巴好像在說：「失明的主人啊，即使你雙眼看不到，也比擁有一雙邪惡的眼睛好啊！」

但史古基又怎麼會在意呢？其實，這正是他想要的。他一直都過著這樣的生活——讓所有人都離他遠遠的！

今天是一年之中最好的一天——平安夜，但史古基還在店裡忙著。天氣陰沉寒冷，寒風刺骨，大霧彌漫。他在屋裡都能聽見大街上行人沉重的喘氣聲，還有些人在胸前不停搓著雙手，踱著腳取暖。城市大鐘指著下午三點，但天色已經暗了下來，其實一整天天色都不是很亮。隔壁辦公室的蠟燭已點燃，火光映著窗戶的玻璃，一閃一閃的，像是伸手可及的棕色天空中的紅色斑點。霧很濃，開始從門上的鑰匙孔、從牆上的任何一個裂縫滲進房間；外頭一片霧茫茫，即使這條街道是最窄的一條，對街的房屋看起來也都變成了虛無縹緲的幻影。暗黑的雲層慢慢地壓下，萬物變得更模糊了，讓人以為造物者彷彿就在身邊釀造雲霧呢！

史古基辦公室的門敞開著，這樣他就能隨時監視在對面陰暗小辦公室裡寫著信件的鮑伯。那房間狹窄如水槽，而唯一的員工正在裡面寫著信。史古基在自己的辦公室生起了一堆小小的火，但員工辦公室的炭火更小了，好像只剩下一塊炭火，但他不敢加煤炭，因為史古基把煤炭箱放在自己的辦公室裡，還威脅他說，要是他拿著鐵鍬進來想要多拿一塊煤，他就立即開除他。因此，這員工只得圍上自己的白色羊毛圍巾，想靠桌上的蠟燭取暖，但他是一個缺少想像力的人，無論怎麼努力都只是徒勞無功。

突然，一個雀躍的叫聲打斷了史古基的工作。

「舅舅，聖誕快樂！願神保佑你！」

傳來一聲輕快的問候，原來是史古基的外甥弗瑞德的聲音。他飛快地進入史古基的辦公室面前，史古基是聽到他的聲音才知道他來了！

「呸！亂來。」史古基說。

弗瑞德在濃霧中快速行走，身體發熱，好像全身都在閃閃發光。他面色紅潤，目光炯炯有神，臉上神采飛揚。

「舅舅，您說聖誕節是亂來？我想，您不是這個意思吧！」年輕的弗瑞德說。

「我就是這個意思。聖誕快樂？你有什麼權利慶祝啊？你有什麼理由慶祝啊？你是個窮光蛋！」

「別這樣嘛！那你又有什麼權利感到淒涼？有什麼理由鬱悶啊？您是有

錢人啊！」弗瑞德愉悅的回答。

在當下，史古基找不到什麼更好的答案反駁，於是「呸！」了一聲，緊接著又罵了一聲：「胡說！」

弗瑞德說：「舅，別生氣嘛！」

「我能不生氣嗎？我活在全是笨蛋的世界，我能怎樣？聖誕快樂？見鬼的聖誕快樂！聖誕節對你來說是什麼？還不就是繳賬單的時候，身上卻沒半毛錢；聖誕節就是發現自己又老了一歲，而荷包裡的錢沒增加半毛。如果我能照著自己的意願做，每個嘴上掛著『聖誕快樂』的蠢蛋都應該跟自己買的布丁一起下去煮，然後將神聖的樹椿插進他的胸膛，再把他們埋起來，應該要這樣！」史古基憤怒地說。

「舅舅！」弗瑞德想辯駁。

史古基苛刻地回道：「你啊，聖誕節是你家的事，你去過你的聖誕節，我過我的聖誕節，不要來打擾我。」

「不要打擾你？但你沒過聖誕節啊！」

「我一個人過。希望聖誕節給你帶來好運，就像以前一樣，給你帶來很多好處。」史古基說。

「我敢說，我能從很多事中獲得很多好處，但我能肯定的是，並不是從中獲利，聖誕節時就是一例。當聖誕節來臨時，若不考慮它那神聖的名字和起淵，撇開它濃厚的宗教意義，我倒覺得這是一段好時光，一段令人愉悅的時光，但其實所有的一切都脫離不了這份崇敬。在漫長的一年中，也只有這一天，無論是男人還是女人才能自由地敞開心胸，真誠地對待彼此。因此，舅舅，雖然聖誕節沒有在我的口袋裡放一點金子或銀子，但我相信它會讓我開心，也會讓我更快樂。所以，我想說：『感謝主啊！』」

從外面傳來一陣掌聲，原來是鮑伯不自覺地鼓起了掌。他立刻意識到自己的行為有所不妥，於是趕緊傾身假意地撥了撥火堆，卻把最後一丁點火星弄滅了。

「要是我再聽到你發出半點聲音，那你就捲鋪蓋回家，另外找份工作慶祝你的聖誕節！」史古基說。

他轉向弗瑞德，對著他說：「你真是個天生的演講家，你真該去參加議員選舉。」

「叔叔，你別生氣，我今天來是要請你明天跟我們一起吃聖誕晚餐的。」

史古基說著：「無論如何，我是不會跟你一起吃的，你還是回去吧！」

「為什麼呢？為什麼？」弗瑞德說。

「你為什麼會結婚？」史古基問。

「因為我戀愛了。」

「因為你戀愛了？」

史古基用低沉的聲音回應道，好像這是世界上唯一一件比說一聲「聖誕快樂！」更荒誕的事。

「你還是請回吧！再見！」

「舅舅，別這樣！我婚前你從沒來看過我，你現在怎麼可以把我結婚當作不來看我的理由呢？」

「我已經跟你說再見了。」史古基重複道。

「我並不想從您這兒得到任何好處，對於你，我沒有半點奢求，為什麼我們不能好好相處呢？」

「再見！」史古基說。

「舅舅，您的態度這麼堅決，讓我很難過，我們從沒爭吵過，我也不想跟你爭吵，我只是想堅持聖誕節的精神，而且我也一定會堅持到底，所以，我還是要說：『聖誕快樂！』。」

「再見！」

「也祝您新年快樂！」

「再見！」

儘管如此，弗瑞德還是毫無怨言地離開了辦公室，他在門邊稍做停留，祝福鮑伯聖誕快樂，雖然他凍得瑟瑟發抖，但卻比史古基溫暖。鮑伯也誠摯地祝他聖誕快樂。

一聽到他們的對話，史古基嘟噥著說：「那傢伙一星期領我十五個先令，就靠這個錢養家餬口，還敢說什麼聖誕快樂？真快把我搞瘋了！」

這個瘋子剛趕走自己了外甥，這時有另外兩個人進了他的辦公室，看起來都是相貌堂堂的紳士。他們脫下禮帽，站在史古基的辦公室，手上拿著許多書和文件，對史古基鞠躬致意。其中一個紳士查了查手裡的文件，問道：

「請問這裡是史古基．馬力商店嗎？您是史古基先生，還是馬力先生呢？」

「馬力先生已經過世好幾年了。更確切的說，七年前的今天他死了。」

這位紳士繼續說：「那麼，我想，您是馬力先生的合作夥伴，您會跟馬力先生一樣慷慨，願意慷慨捐助我們的慈善事業。」在說話的同時，他遞出了他們的證件。

史古基和馬力的確是同類，在聽到「慷慨」這個不吉利的詞時，史古基皺了皺額，又搖了搖頭，把證件遞了回去。

紳士繼續說著，同時拿起了一枝筆：

「史古基先生，我們準備在這個一年之中最歡樂的節日去救助那些貧苦無依缺少衣食的人，現在有千千萬萬的人連最基本的溫飽都沒啊，先生，他們需要我們的幫助。」

「難到我們沒救濟院嗎？」史古基問。

「我們有很多救濟院。」紳士說著，把筆放了下來。

史古基繼續說：「那些聯盟救濟院呢？還在運作嗎？」

「都還在。但我希望我能說他們都關門了。」紳士回答。

「工廠和政府制定的濟貧法都還有執行吧？」史古基問。

「都還在執行中，先生。」

「哦，聽到你剛才說的話，我還以為發生了什麼事讓這些機構、政策都停擺了呢！真高興聽到它們都還一切正常。」史古基說。

「但我們希望能在這個節日裡，給那些不幸的人帶來聖誕的愉悅，但政策、措施無法做到這一點。我們正在募款，幫窮人買食物及禦寒的工具。我們之所以挑選這個時候，是因為窮人在此時更需要溫暖，而富有的人也都很樂意慷慨解囊。不知您打算捐多少呢？」紳士說。

「一毛也不捐。」史古基回答。

「您是希望匿名捐款嗎？」

「我希望能清靜一下，既然你問到我的希望，我就直說了，我不在乎聖誕節是否快樂，也沒打算幫那些整天無所事事的人製造快樂。我支持建立剛剛我提到的那些機構，這些機構已經花了我很多錢了，那些失業的人應該去那裡。」

「可是，政府的捐助是遠遠不夠的，很多人會餓死的。」

「如果他們會死，就讓他們死吧！這樣還能減輕人口過剩的壓力。很抱歉，我實在不瞭解你們所說的這些事情的真實情況。」史古基說。

「但您該知道的。」紳士說。

「這不關我的事！我自己的事都管不了，還管人家做什麼。所以，再見了，兩位先生。」

這兩位先生已知無法達到目的，也只有離開了。史古基繼續埋頭工作，心裡卻對自己的表現十分滿意，有點洋洋得意，心情也比平時好多了。

這時，霧更濃了，夜色更黑了。路人拿著火把跑在馬車前頭，藉著火把發出的光，引領馬車前進。古老教堂的塔頂也變得模糊不清了，而塔頂的老鐘長年透過歌德式的窗戶窺視著史古基。時針和分針隱藏在雲層中，鐘擺的擺動看起來好像是因為寒冷而凍得發抖的牙齒。

天氣越來越冷了。大街上的轉角處，修理煤氣管的工人們在桶裡生了一堆火，那些衣衫襤褸的人們和孩子都圍攏了過來，一起取暖，開心地隨著跳躍的火苗眨眼。而消防栓被孤零零地棄置在街頭，流出的水柱凝結住了，變成了冰。

商店裡的槲寄生樹枝和漿果因為窗上電燈的熱度而發出劈裡啪啦的聲音。店裡燈火通明，照得路人蒼白的臉也變得紅潤。肉舖和雜貨店生意好得不得了。而市長先生呢，在守衛森嚴的市長府邸前，對著自己的五十個廚子和男僕們發號司令，要讓市長府邸的聖誕節辦得熱熱鬧鬧。就連上個星期一因為酗酒生事，被市長罰款五先令的小裁縫師也在他的小閣樓裡準備著明天過節的布丁，而他那瘦小的妻子則揹著孩子上街買牛肉去了。

霧越來越大，也越來越冷了！真是刺骨寒心的冷啊！如果當初聖鄧斯坦不是用他常用的武器，而是用這刺骨溫度去鉗撒旦的鼻子，那撒旦一定會痛得呼天搶地。

寒冷的天氣把孩子的鼻子凍痲了，就像是被狗啃過的骨頭般。他走到史古基的店門口，對著門上的鑰匙孔唱起了聖誕頌歌，但當他唱到「上帝保佑你，快樂的紳士，願你事事順心！」時，史古基憤怒地抓起直尺，那男孩嚇得向鑰匙孔後面跳了一步，立刻逃走了。

商店門口的霧更大了。

下班的時候到了。史古基儘管心裡十分不願意，但還是從椅子上站了起來。他知道此刻在小房間裡的鮑伯滿心期待趕快回家，已經迫不及待地吹滅了蠟燭，戴上帽子了呢！

「明天你想休假吧？」史古基問他。

「如果您方便的話，先生。」

「不方便！而且，這也不公平。我敢說要是我扣你的薪水，你也會認為自己吃了大虧。」

鮑伯勉強擠出一絲笑容。

史古基繼續說：「可是，要是你不上班，而我卻要付你一天的薪水，你就不會認為我吃虧。」

鮑伯辯駁說這日子一年只有一次啊！

「這真是個好藉口！利用每年的十二月二十五日要我掏錢出來！」史古

基說。他把鈕釦扣到最上面那顆。

「好吧！明天你可以不用來，但後天你要早點到。」

鮑伯向他保證一定會早到。

史古基吼了一聲，走了出去，辦公室的門一轉眼就關上了。

鮑伯在脖子上圍了一條長圍巾，長長的尾端在腰間搖擺（他曾說過自己沒有大衣），然後尾隨一群男孩沿著康西爾的小斜坡滑行，為了慶祝平安夜，他來來回回地滑了二十多次，然後快步地跑回卡姆登鎮的家，打算和家人一起玩捉迷藏。

史古基來到他平時用餐的餐廳，吃了他平日吃的那種寒酸的晚餐，然後看報紙、對帳本，消磨晚上的時間。而當所有的報紙、帳本都看完之後，就是他回家睡覺的時候了。

史古基所住的公寓，是已死的搭檔馬力所有的。那是一棟陰暗的樓房，孤伶伶地矗立在幾棟高大的建築物之間。讓人忍不住猜想，是不是這房子在還是個孩子時，跑到這些高樓裡來玩躲迷藏，結果忘記了出去的路。這棟建築已經很老舊了，冷清得讓人十分畏懼，而今只剩史古基住在裡面，其他房間都租給人當辦公室了。院子裡一片黑漆漆，即使是史古基（他對院子裡的每一塊石頭都瞭若指掌），也得伸出雙手靠著摸索前進。濃濃的霧霜縈繞在房子暗黑老舊的門口，看起來好像是天氣之神坐在門口哀傷地沉思著。

門上的門環除了很大之外，並無奇特之處。從史古基住進這屋子後，他每個早晚都會看看它，但就如同大多數的倫敦人（大膽一點說，這些人包括了政府官員、地方官員、工會會員）一樣，他十分缺乏想像力，根本不會產生任何想像。

值得注意的是，從史古基在今天下午提到他那死了七年的搭檔馬力後，他就沒再想起他了。但誰能解釋，當史古基把鑰匙插進鑰匙孔時，門上出現的不是那個天天見到的門環，浮現的竟是馬力的臉呢？

那是馬力的臉！它不像院子裡的其他東西被籠罩在漆黑的陰影裡，臉的周圍環繞著一層幽暗的光芒，好像是暗黑地下室裡已經腐壞的龍蝦。這張臉看起來既不憤怒也不兇惡，而是像以前一樣地盯著史古基。他的額頭上戴著一副眼鏡，閃爍著陰森森的光芒，一頭散亂的頭髮，像是被呼氣或熱氣吹得亂糟糟的；雖然眼睛睜得大大的，卻是一眨也不眨地瞪著，而那青紫色的眼睛看起來很可怕，但這種可怕不僅是因為他那張慘白的臉，而是它透露出來的一種恐懼。

史古基緊盯著那扇門，正要定睛細看時，那張奇怪的臉又變回了門環。

要說史古基沒有被嚇到，或說他對這可怕的狀況一點感覺也不怕，那絕對是騙人的。但他仍將鑰匙插進鑰匙孔，堅定又果斷地開了門，走進房間後點燃了蠟燭。

在關門時，他猶豫了一下，還小心翼翼地檢查了門扇背後，似乎是有那麼一點害怕看見馬力的辮子黏在門板上。但什麼都沒有，只有門環上的螺絲。

「呸！呸！」史古基喊道，並狠狠地把門一甩。

那關門聲大得像打雷一樣，聲響迴盪在屋子裡。樓上的每個房間，還有地下室酒商的酒桶都發出轟隆隆的回音。但史古基並不怕，他鎖上門，穿過大廳，一邊修剪蠟燭的燭芯，並慢慢地走上了樓梯。

對於剛才出現的情景您大可含糊地描繪，像是什麼駕著一輛六輪馬車走上老舊的樓梯，或是剛剛通過一項很糟糕的議案。但我想說的是，您或許可以把靈車開上樓梯，而且還能橫著開，因為樓梯很寬，空間絕對夠大，因此一點也不難。這或許就是史古基會認為自己看見陰暗處有一口棺材在他前面移動的原因。街上的煤氣燈已無法將房子照得通亮，因此，您便不難想像，史古基光靠一盞燭火越往裡走，四周會有多暗。

史古基繼續往樓上走，一點也不在意周圍太黑。因為黑暗不花錢，所以他喜歡黑暗的感覺。但當他走進臥室時，想起剛才大門上那張馬力的臉，不由得緊張了起來，於是他舉起蠟燭，把所有房間都檢查了一遍。

起居室、臥室、儲藏室……他檢查了每一個房間，但桌子下沒有人，沙發下沒有人，床下沒有人，衣櫥裡沒有人，就連掛在衣帽鉤上的睡衣他也仔細地檢查了一下。但什麼也沒有！壁爐裡的火焰很小，湯匙和餐盤也已準備好了擺在旁邊，火上還熱著一小鍋粥。（史古基的頭痛得很）儲藏室和平常沒什麼兩樣，裡面堆著舊火爐欄、舊鞋、兩個魚簍子、只有三隻腳的臉盆架，還有一支火鉗。

此刻，他覺得放心了。於是，他鎖上門，但平時他是不會這樣做的。然後，他脫下外套，換上睡衣，穿上拖鞋，戴上睡帽，並坐到壁爐前，開始喝起粥來。

在如此寒冷的夜晚，壁爐裡的火焰微弱得似乎不足以抵擋嚴寒。他只好再挨近壁爐，盡量靠近爐火，才能從每一塊煤火中吸取到每一絲的熱量。這壁爐年代久遠了，是多年前一個荷蘭人修造的。他在爐邊砌了一圈古雅的丹麥瓷磚，上面的圖案講的都是聖經裡的故事，有該隱和亞伯、法老的女兒、示巴女皇、天使信使從羽毛被般的雲朵中飛下來、亞伯拉罕、伯沙撒、使徒們乘著小船出海，眾多的圖像吸引著他的思緒，但是，馬力那張死了七年的臉，像是古老預言者的棍杖，吞噬掉瓷磚上的圖案。如果之前所有這些瓷磚都是一片空白，並有魔力，根據他頭腦裡的片段浮現出圖案，那麼，每一塊瓷磚上浮現的都是馬力的臉。

「老天！」史古基驚叫道，然後在房間踱起步來。

他在屋子裡來來回回踱了幾圈，然後又坐了下來，當他把頭靠在椅背上時，目光正好落在掛在房間裡一直沒用過的搖鈴上。這些搖鈴與頂樓的某個房間相通，當初設置的原因早已忘了。當史古基盯著它看時，他先是驚訝，而後便害怕了起來。搖鈴開始緩慢地晃動，非常慢，幾乎沒有發出聲響。沒多久，鈴聲大作，屋子裡的其他搖鈴也都一起響了起來！

大概響了半分鐘、一分鐘，但對史古基來說，彷彿有一小時那麼久。突然，所有的鈴聲都停了下來，緊接著傳來叮叮噹噹的噪音，像是從地下很遠的地方傳來的，像是有人正拖著鐵鏈走在酒桶上一樣。此時史古基突然想起曾經聽人說過，鬧鬼的屋子會發出這種拖動鏈條的聲音。

這時，他聽到地下室的門「砰」的一聲猛地打開了。拖鏈條的聲音聽起來更大了，並穿過樓層，直上樓梯，朝史古基所在的房間而來。

「天啊！我才不信！」史古基喊道。

當那鬼東西穿過厚重的大門，飄進房間，來到他眼前時，史古基頓時臉色大變。當它一進門，奄奄一息的火焰突然劈哩啪啦地燒了起來，跳躍的火焰像在宣告著：

「我知道，那是馬力的鬼魂！」

一模一樣的面孔，完全一模一樣！

馬力梳著他的小辮子，穿戴著他常穿的馬甲、他的皮帶，還有靴子。他的胸前還緊扣著一條鐵鏈子，鐵鏈很長，像是他的一條尾巴。這條鏈子（史古基靠近仔細觀察了一下）是用裝錢的盒子、鑰匙、掛鎖、帳本和鐵製的沉重錢箱做成的。馬力的身體呈透明狀，史古基可以透過他的身體看見他外套背後的兩顆鈕釦。

以前史古基聽人說馬力沒心肝，之前他不相信，但現在他相信了。

不！即使是現在，他仍無法置信。雖然他看見鬼魂就站在自己眼前，他也不相信；雖然鬼魂冰冷的眼神讓他害怕得渾身發抖；雖然裹著頭和下巴的頭巾是他之前從沒有見過的，他仍懷疑自己的眼睛，不知是幻覺，還是真的是鬼魂。

「怎麼了？你有什麼事？」史古基的口氣就如平時那樣冷淡。

「很多。」

是馬力的聲音！毋庸置疑！

「你是誰？」

「你應該問我以前是誰？」

「那你以前是誰？」史古基提高了音調問道。

「我活著的時候，是你的工作夥伴，我是雅各·馬力。」

「你能——你能坐下來嗎？」史古基問道，懷疑地望著他。

「我可以。」

「那麼，請坐。」

史古基之所會這麼問，是因為他不知道透明的鬼魂是否能意識到自己坐在椅子上。他想，如果這鬼魂不能坐下來，它可能會尷尬地加以解釋。但是，這鬼魂竟從容地對著壁爐坐了下來，好像是習以為常的動作。

「你不相信我。」鬼魂說。

「我不相信。」史古基說。

「除了你感覺得到我，能看見我，聽見我說話，你還要我拿什麼證據來證明我的存在？」

「我不知道。」史古基說。

「為什麼你不相信自己的感覺？」

「因為，一點小事也會影響感覺，一點點肚子不舒服的感覺就可能引起錯覺，你也可能是一小點沒消化的牛肉、一小坨芥末、一小片起士，或是一片半生不熟的馬鈴薯。但不管你是什麼東西，要說你是鬼，還不如說你可能是凝結成形的肉汁。」

史古基不太會開玩笑，此時的他根本沒開玩笑的念頭，他只是假裝出一副聰明、機靈的樣子，以分散注意力，好把恐懼感壓下來，因為鬼魂的聲音已讓他毛骨悚然。

四周一片寂靜。

史古基坐了下來，看著那雙定格的眼睛，讓他渾身不自在。鬼魂身上還有一股令人害怕陰森氣息，史古基雖感覺不到，但卻能清清楚楚地看到，因為雖然鬼魂一動不動的坐在那兒，但它的頭髮、裙子、流蘇依舊在那兒不停地搖擺。

「看見這根牙籤了嗎？」

史古基迅速轉換了話題，因為剛剛已經提到了。他心裡暗暗希望鬼魂的目光能從自己身上移開，哪怕只有一秒鐘。

「看見了。」鬼魂回答道。

「你並沒有在看它。」史古基說。

「但我看見了。」鬼魂說。

史古基回答道：「我如果吞下這根牙籤，我下半輩子一定會被我自己想像出來的妖魔鬼怪折磨！胡說！我告訴你！這是胡說！」

聽到這些，鬼魂發出一陣恐怖的叫聲。那叫聲太恐怖了，史古基嚇得緊緊地抓著椅子，以免自己嚇得昏死過去。當鬼魂脫掉纏在頭上的頭巾時，史古基更害怕了，因為鬼魂的下巴竟然直接掉到了胸前！

史古基嚇得雙腿發軟，跪了下來，用雙手捂住了臉。

「饒了我吧！你這可怕的鬼怪，為什麼要回來煩我呢？」

「你這腦袋只想著錢的人啊，現在你相信我的存在了吧？」

「我相信！我不得不相信！但是，為什麼你要來到人間來？為什麼要來找我？」

「每個人活著的時候，靈魂都會四處遊蕩，但如果他活著的時候沒這樣做，那麼，他死後也必須這麼做。他註定是要在世間遊蕩——啊！我多麼可憐啊！——他的靈魂將會見證那些它沒能分享的世間的不快樂。那些事是他活著的時候本該是盡力去改變，讓它成為快樂的事。」鬼魂回答道。

鬼魂再次狂叫，搖動鐵鏈，舞動著雙臂。

「你為什麼被綁起來了呢？」史古基問道。

「這條鐵鏈是我生前自己製造的，是我自己一環一環、一寸一寸打造出來的，我自己心甘情願戴著它，你是不是覺得這個樣式很奇怪？」

史古基抖得越來越厲害了。

鬼魂繼續說：「還是你想知道，你要帶的那根鏈子的長度和重量有多少？我跟你說，在七年前的聖誕夜，就跟我身上的這根一樣長、一樣重了。但你現在的鏈子更重了，因為七年來你犯太多錯了。」

史古基四處看了看自己周圍的地板，以為會看到五十、六十英呎的鐵鏈，但他什麼也沒看見。

史古基哀求著說：「求求你！多說一些安慰的話吧！好讓我安安心。」

「史古基，我沒辦法！安慰的話來自另一個領域，而且由其他一些使者來傳達，我不能說，也沒權利說。我不能再待了！活著的時候，我的靈魂從來沒有離開過辦公室，從來沒有停止過琢磨著我的那些外匯兌換漏洞，從來沒有為那些我能提供幫助的人考慮過，所以換來現在漫漫無盡的旅程等著我。」

史古基有個習慣，當他沉思時，他會把手插在褲子口袋裡。

此時的他，想著鬼魂講的話，但他並沒有抬起眼或站起來。

「之前你一定走得很慢。」他一本正經，帶著謙卑、尊重的口吻說。

「很慢？」鬼魂重複了一遍。

「你死了七年，卻一直在世間流浪？」史古基說。

「對，整整七年的時間，無法停歇，也得不到安寧，不斷受到懊悔的煎熬。」

「你速度快嗎？」史古基說。

「如乘風一般。」鬼魂回答到。

「在這七年裡，你一定走了很多地方。」史古基說。

聽到這個，鬼魂又狂叫起來，拚命地搖動它的鐵鏈，在死寂的夜裡，這聲響聽起來顯得特別恐怖。如果在一般情況下，那噪音是會被檢舉，被告以妨礙安寧的。

鬼魂叫道：「啊！被俘虜！被束縛！帶上鐐銬！不知道要勞役到何時，因為這靈魂是不朽。但我不知千百年來，人們一直為地球而努力，只為發揮美德，讓努力成為永恆，我也不知道每個基督徒的靈魂都在自己那小小的領域裡努力行善，他們只在意人生苦短，沒有更多的時間做善事。我也沒意識到，自己的生命有多麼錯誤，但我已彌補不了，即使我有多懊惱，都不會改變我現在的命運！啊！這就是我！這就是我！」

「但是，你當時生意做得很好啊！」史古基諂媚地說。現在他開始將自己的情況與它所講的一切聯結起來。

「生意！」鬼魂喊道，又揮舞起它的手臂。「原本人類是我的生意，募捐善舉應是我的生意；施捨、寬恕、自律及仁愛原本都應該是我的生意，但我過去做的那些所謂的生意卻只是我應該做的生意裡微不足道的一小部分而已！」

它舉起鐵鏈，好像這條鐵鏈是造成它無盡悲痛的原因。它又一次地把鐵鏈甩到地板上。

「每年這個時候，是我最痛苦的時候。因為我記得以前每一個聖誕夜，我都是頭低低地穿過人群，從來沒有抬起頭看看那引領三位智者，前往耶穌降誕生時的破舊馬廄的星星。難道在我周邊就沒有任何窮苦人家，是值得星星指引我前去救助的嗎？」

史古基非常驚慌地聽著鬼魂激動地繼續說著，他的身體開始猛烈地顫抖起來。

「聽我說！我的時限快到了。」鬼魂吼叫道。

「我在聽，但不要折磨我！我求你！」

「為什麼你可以看見我，我無法解釋。但我要告訴你的是，我跟在你身邊已經不止一兩天了，只是你看不見我罷了。」

這聽起讓人不舒服。史古基顫抖著，擦去了眉頭上的汗水。

鬼魂繼續說：「我受到的懲罰很不好受，今晚我來這裡的目的就是要警告你，你還有機會擺脫跟我一樣的命運，這是我特地為你爭取的機會和希望！」

「你真是我的好朋友，太感謝你了！」史古基說。

「不久將會有三個幽靈找你。」鬼魂繼續說。

史古基的臉色剎時沉得跟鬼似的。

「這就是你剛剛提到的機會？」他猶豫地問。

「是的。」

「我寧願不要這樣的機會。」史古基說。

「要是他們不來找你，你絕對無法擺脫跟我一樣的命運。你要注意，明天凌晨一點，當第一聲鐘響敲響時，第一個幽靈就會出現。」鬼魂說。

「難道他們不能一起來嗎？我可以一起招待它們。」史古基暗示道。

「第二個幽靈會在第二天相同的時間到來，第三位則會在第三天晚上十二點的最後一下鐘聲響起時出現。今後你再也不會看見我了，為了你自己，你無論如何都要記住我告訴你的話！」

當它說完這些話，鬼魂從桌上拿起它的頭巾，重新綁回自己頭上。當他聽到鬼魂的牙齒所發出的聲音時，史古基就知道頭巾已將下顎綁回位了。他努力抬起眼，發現鬼魂站立在他面前，而鐵鏈仍纏繞在它的手臂上。

鬼魂一步一步往後退，它每退一步，窗子就自動打開一點，當它退到窗前時，窗戶已經完全打開了。

鬼魂招手示意要史古基靠近點。當他們只有一步之遙時，馬力的鬼魂舉起了手，警告他不要再靠近。史古基停了下來。

他不太順從，心裡充滿驚訝和恐懼，因為當鬼魂抬起手時，他感到空氣中傳來奇怪的噪音，是悲歎和悔恨混雜在一起的哀號，哀號聲裡充滿無法用言語來形容的悲傷和自我控訴。鬼魂聽了一會兒之後，也加入了哀號的隊伍中。它飛了起來，漸漸消失在黑暗的暮色中。

在好奇心的驅使之下，史古基跟著來到窗前往外看。

天空中滿是飛來飛去的鬼魂，它們一邊飛一邊發出呻吟。而每個鬼魂都跟馬力一樣，身上都綁著鐵鏈，有些鬼魂的鐵鏈還是連在一起的（或許生前他們是有罪的政府官員）。有些還是史古基認識的，他認出了其中的一個是他相當熟悉的一位老銀行家。它穿著一件白馬甲，腳踝上鎖著一個巨大的保險箱，他在一位抱著嬰兒，坐在冰天雪地裡的婦女頭上徘徊。他同情地哭了起來，因為他沒有辦法幫助她。他活著的時候，雖有能力幫助他們，但當時他並沒有那麼做，而現在卻永遠失去這樣的能力。

到底是這些鬼魂躲到了薄霧裡，還是薄霧掩沒了它們，史古基也說不上來。但是，這些鬼魂和哭聲很快就一起消失了，而黑夜又恢復了他回家時的模樣。

史古基關上窗，並察看了鬼魂進來的那扇門，門上的鎖和門閂都沒有任何異狀，史古基很想說一聲：「真是亂來！」但才一出聲就哽住了，或許是經歷了過多的驚嚇，或許是他在無意間窺知了未來的世界，或許是和馬力一番冗長的對話，也或許是夜已深沉，而讓此時的他疲憊不堪，顯然需要休息。於是，他逕自走到床前，都還來不及寬衣解帶，就倒下床，睡著了！

STAVE Ⅱ：

The First of the Three Spirits
第一個幽靈

史古基醒來時，外面很黑，從床上望出去，他無法判斷出哪裡是牆哪裡是窗。他努力用他那雙雪貂般的眼睛在黑暗中探索。此刻傳來不遠處的教堂鐘聲，他聽著數時間。

他很吃驚，因為那口鐘敲了六下、七下、八下……一共敲了十二下，但是，他上床的時候已經過了二點了，這鐘一定是壞了，一定是到十二點時就凍住了。

他按下打簧錶的彈簧，想確認一下教堂的時鐘錯得有多離譜。彈簧快速地跳動了十二下才下來。

「為什麼？不可能！我絕對不可能睡了整整一個白天，又睡到了第二天晚上的十二點。絕對不可能！現在一定是中午十二點。」

他爬下床來，摸索著走到窗前。他用睡袍的袖子擦去窗上的霧氣，外面一片漆黑。外面還是很冷，籠罩著濃霧，而且街道上完全沒有往常正午十二點時的那些嘈雜的人聲。

史古基慢慢走回到床邊，反覆思索了起來。他越想過去的這一段時間所發生的種種，就越納悶。他越是努力不想，就想得越多。

馬力的鬼魂讓他感到非常困擾。他試圖安慰自己，告訴自己這所有的一切都是一場夢，但是當他每次這樣說服自己時，又會問自己一個問題：「這真的是夢嗎？」

史古基就這樣坐著沒有睡覺，教堂的鐘聲告訴他已經十二點過三刻鐘了。突然間，他想起馬力的鬼魂警告過他——當凌晨一點的鐘聲敲響時，第一個幽靈將會出現。

他決定就這樣等到一點。因為現在去天堂還是睡覺，對他來說都沒什麼差別了，而等待或許是最聰明的決定。

剩下的最後一刻鐘竟是那麼漫長。他甚至以為自己打了瞌睡，已經錯過了一點鐘的鐘聲。終於，午夜一點那悠長而深沉的鐘聲終敲響了。

「咚！」

「過了一刻鐘。」史古基自己數著。

「咚！」

「半小時。」史古基說。

「咚！」

「三刻鐘。」

「咚！」

「一點了！但是什麼也沒發生！」史古基聲音顫抖地說。

這話是在鐘聲敲完前說的。現在那深沉、呆滯、笨重的一點鐘聲敲響了，屋裡的燈在一瞬間全亮了，床邊的布簾也被拉開了。

布簾是被一隻手拉開的。它的臉從布簾後露了出來，正好對上挺直地坐在床上的史古基。這位訪客顯然不是來自人間，就是它拉開這些布簾的。

它看起來很奇怪——既像小孩，又像老人。它的臉光滑而柔軟，沒有一絲皺紋，可是又有一頭雪白的披肩長髮。手臂很長，手很強壯，而且有很多肌肉。它的腿和腳踝露在外，身上穿著一件純白的長袍，腰間繫著一條色澤美麗的皮帶，袍子上還點綴了一些夏天的花朵，與它拿著手裡象徵寒冬的新鮮冬青葉形成強烈的對比。最奇怪的是它頭上有一束光芒，這束光芒把整個房間都照亮了。它的腋下還夾著一頂帽子，這帽子具有有遮光的功效，足以掩蓋住它頭頂上的光芒。

當史古基鎮定下心神凝視這位幽靈時，他發現這點也不是幽靈最為奇怪的地方。因為當它的皮帶一會兒在這兒閃爍，一會兒在那兒閃爍時，幽靈也會隨著搖動不定，一會兒只看到一隻手臂，一會兒是一隻腿，一會兒是二十隻腿，一會兒是一雙腿但看不見頭，一會兒是腦袋但看不見身體……那些看不見的身體部位完全融入黑暗中，連一點輪廓都看不出來。

正在疑惑時，幽靈的整個身體又呈現在眼前，跟剛才一樣清晰、線條分明。

「你就是那位要來拜訪我的幽靈嗎？」史古基問道。

「是的。」

聲音很輕柔，也出乎意料的低沉，好像這聲音是從很遠的地方傳來的。

「你是誰？或者說，你是什麼？」史古基繼續問。

「我是過去的聖誕幽靈。」

「很久的過去。」史古基一邊問道，一邊認真的觀察幽靈矮小的身形。

「不是，是你的過去。」

史古基有種無法解釋清楚的特殊欲望，他想要看看幽靈戴上帽子的樣子，於是乞求它戴上。

「你這麼快就要熄滅我給你的光芒了。都是你和你那些同類製造出這頂帽子，還強迫我戴在頭上。」幽靈說。

史古基誠心地表示在自己的一生當中，從沒有想要冒犯幽靈，也不曾有過強迫幽靈戴帽子的念頭。然後，他大膽詢問幽靈造訪的原因。

「為了你的幸福。」幽靈說。

史古基表現得非常聽話，但還是忍不住想到：要是晚上沒人打擾，能好好睡一覺才是幸福。幽靈或許聽到了史古基的心聲，立刻回答：「就算是為了改過自新吧！聽我的話！」

幽靈伸出強壯的手臂，輕輕抓住史古基的手臂。

「起來！跟我一起走！」

史古基想哀求它，說這樣的天氣、這樣的時候並不適合出去散步，床也正溫暖，此刻的氣溫是零下好幾度，而他只穿了一件睡袍，拖著拖鞋，戴著睡帽，更何況他已經感冒了。但這些乞求全徒勞無功的。幽靈只是輕輕地一抓，他便無法抵抗。他升了起來，隨後發現自己跟著幽靈來到了窗邊。

「我是凡人啊！我會摔下去！」史古基喊道。

「我只要在你這裡碰一下，就不會掉下去了。」幽靈一邊說，一邊用手在他的胸口點了一下。

話一說完，他們就已經飛出牆外，站在一條遠離城市的寬闊的鄉村大路上，馬路兩邊都是田地。這裡已經完全看不見城市了，黑暗和濃霧也已經消散。此時是一個寒冷晴朗的冬日，皚皚白雪覆蓋著大地。

「天啊！這是我出生的地方，我是在這裡長大的。」史古基雙手緊握。

幽靈溫和地看著他。剛剛它那溫柔的碰觸，儘管很輕，帶那一瞬間的觸動史古基是感覺到了。史古基感覺到空氣中有許多氣味，每一種氣味都讓他想起童年的無數遐想、希望、快樂，以及長久以來已被他遺忘的思念。

「你的嘴唇在發抖。你的臉怎麼了？」幽靈說。

「一個小皰疹。」史古基低聲說著，聲音中透露出他不想承認那是眼淚。而後，他乞求幽靈帶他到他想去的地方。

「你記得路嗎？」幽靈問道。

「當然記得！蒙著眼睛我都知道怎麼走。」史古基急切地說。

「真奇怪，你已經忘記那麼多年了。既然這樣，那我們出發吧！」幽靈說。

他們沿著路往前走，史古基認出每一扇門，每一間郵局，每一棵樹。不久之後，遠方出現了一座小鎮，有小橋、教堂和蜿蜒的河流。幾個小男孩騎著小馬朝他們飛奔過來，他們跟坐在由農夫駕駛的馬車後面的其他孩子打招呼。每個小孩都很有精神，大叫著彼此的名字，廣闊的田地裡充滿了他們歡樂的叫聲。

「這些只是過去的幻影，他們是看不到我們的。」幽靈說。

隨著男孩們越來越近，史古基認出了每個人，叫出了每個人的名字。為什麼看見他們史古基會這麼高興？為什麼當他們經過時，他冰冷的雙眼會有淚光，心會怦怦直跳？為什麼當他們離別歸家互道聖誕快樂時，他會如此欣慰？問題是，對史古基來說什麼是聖誕快樂？聖誕節到底給了他什麼好處？

「學校裡還有人。有個被朋友忽視的孤單小孩還在那兒。」幽靈說。

史古基說他認識那個孩子，說著說著他哽咽了起來。

他們離開了大馬路，拐入了一條十分熟悉的小路，很快就到了一座紅磚建築物前。建築物的屋頂立著一個小小的風向標，下面掛著一個鈴鐺。那是一個很大的建築物，但很不幸的是，那些寬敞的辦公室像是已閒置許久，牆壁因潮濕已長滿了苔蘚，窗戶壞了，大門也破爛不堪。小雞咯咯地叫著，在馬廄裡走來走去；馬房和棚架上已是雜草蔓生。屋裡的狀況也好不到哪裡去；他們走進令人恐懼的大廳，許多房間的門都開著，屋裡很簡陋，顯得冷清又空蕩，空氣中還有股泥土的味道，荒涼得讓人心寒。

他們走著，穿過大廳，來到了屋子盡頭的一扇門前。門開著，裡面空蕩蕩的，只有幾排課桌還擺在那裡。一個孤獨的男孩坐在微弱的火堆旁讀書。史古基在一條長凳上坐了下來，看到多年前可憐的自己，他哭了。他已經很久沒有想起這些了。

屋子裡的回音，從鑲板後面的老鼠發出的吱吱聲，陰暗後院裡快融化的水龍頭的滴水聲，楊樹光禿禿的樹枝發出的呼嘯聲，空房間的房門所發出的吱嘎聲，火堆發出的劈裡啪啦聲……聲聲都敲進史古基的心坎中，溫柔地觸動了史古基的內心，讓他痛快地哭了出來。

幽靈輕碰他的手臂，指著那個年輕的他，想要讓他瞭解內心的東西。突然，一個身著異國服裝的人站在窗外，他的腰間插著一把斧頭，牽著一頭馱滿樹枝的驢子。

「天啊，是阿里巴巴！」史古基驚喜地叫起來。

「那是親愛又誠實的老阿里巴巴。我記得有一個聖誕節，當其他人都回家過節，留下這個孤單的小孩獨自一人在學校時，他來過這裡，就像現在這樣。可憐的男孩！還有瓦倫丁，和他任性的哥哥歐爾森，就是他們。啊，那個人叫什麼名字？那個在大馬士革門前睡著的傢伙，你沒看見嗎？他被妖怪倒吊起來了，你看，他的頭朝下。活該！誰教他要跟公主結婚呢！」

史古基在商界的朋友如果看到這樣的史古基一定大感訝異。此刻的他對過去的事是那麼的熱中，大聲的又哭又笑，滿臉的興奮。

「看，就是那隻鸚鵡，綠色的身體黃色的尾巴，頭上還長了一堆像菜葉的東西。可憐的魯賓遜，他在孤島上流浪了很多年才回家。『魯賓遜啊，可憐的魯賓遜，你去了哪些地方？』魯賓遜還以為自己在做夢，但其實不是，是鸚鵡，還有那個星期五啊，正跑向那條小溪。哈囉，加油！」史古基叫道。

突然，史古基的語氣充滿了同情，平時的他是絕對不會有這樣的聲調的。

「可憐的孩子。」史古基開始自憐了起來，他對以前的自己這麼說，然後又哭了起來。

史古基擦乾眼淚後，將手放到口袋，看著自己低聲地說：

「我真希望……但現在一切都晚了。」

「什麼事已經晚了？」幽靈問。

「沒什麼事！昨晚有個男孩在我門前唱聖誕頌歌，我應該給他一點什麼東西才對。如果有給就好了。」史古基說。

幽靈若有所思的微笑著，隨後揮了揮手說：

「讓我們看看你的另外一個聖誕節吧！」

語音剛落，小時的史古基便長大了。房間也變得更黑、更髒了，窗戶破舊，天花板上的石灰碎片也掉落了，鋼條光禿禿的裸露在外。

這一切景象是怎麼變換的？史古基不知道，他只知道所有發生的事都十分真實，就跟過去一樣。但兒時的自己還是獨自一人，其他的孩子都回家過節去了。

年輕的他現在並沒有在念書，而是頹喪地走來走去。

史古基望著幽靈，悲傷地搖搖頭，焦慮地盯著門口看。

門是開著的，一個小女孩跑了進來，年紀比男孩小多了。她的手臂緊抱

男孩的脖子，不停的親吻他，還叫著：「親愛的哥哥，親愛的哥哥。」

「親愛的哥哥，我是來接你回家的，回家！回家！」女孩一邊拍著手，一邊彎下腰笑著說。

「小芬妮，你是來接我回家的啊！」男孩回答道。

「對啊！」女孩說，聲音裡盈滿了歡樂的氣息。「要回家啊！爸爸已經不再像以前那個樣子了，現在溫柔多了。現在的家就像天堂一樣。有一天晚上我上床前，他非常溫柔的對我講話，於是我提起勇氣問他你能不能回家，他說可以，他還要我坐馬車來接你，你已經長大了。」女孩睜大眼睛說著。「再也不要回到這裡了，我們一起過聖誕節，成為世界上最快樂的人。」

「小芬妮，你也長大了！」男孩說。

她拍著雙手笑著，想要去摸男孩的頭。但是她太小了搆不著，於是她又大笑了起來，踮著腳尖擁抱他，然後拉著他往門口走去，他也開心地跟著她走。

大廳突然傳來一陣可怕的聲音。

「把史古基少爺的箱子拿下來，放在這裡。」

是校長，他就站在那兒，表面很謙卑，但目光裡卻透著兇狠，他還使勁地跟史古基握手，讓史古基心生畏懼，他將史古基和他妹妹帶到老舊又冰冷的會客室，貼在會客室牆上的地圖和窗戶上的地球儀早已覆蓋著冰霜。校長拿出一瓶淡得出奇的葡萄酒和一大塊蛋糕，與這兩個年輕人分享，還派了一個瘦小的僕人送東西給馬夫喝。馬夫向校長表達感謝之意，但如果這跟他之前喝的是一樣的東西，他寧願不喝。史古基少爺已經坐在馬車上了，行李也已安放在馬車上了，孩子們向校長道別後上了馬車。馬車快速地向前奔馳，濺起了由長在青樹上掉落的雪霜，像極了一波波的浪花。

「她真是可愛，而且心地善良。」幽靈說。

「你說對了，她真的很可愛，我也認同。」史古基說。

「她結婚後就去世了，就在生了小孩之後不久。」幽靈說。

「她只有一個孩子。」史古基回答道。

「就是你的外甥。」幽靈說。

史古基看起來思緒混亂，好像有點不安，他只簡短地回答：「是的。」

雖然他們才剛離開學校，但現在他們已來到忙碌的繁華大街上。在這些過去的幻影裡，滿街都是熙來攘往的人群，以及在街上忙碌奔馳爭搶車道的馬車和手堆車。這一切都跟真實生活中的情形一樣。看看周圍商店的裝飾，就知道聖誕節的腳步到了。而現在天已暗，街燈全亮了。

幽靈在一家店門口停下來，問他是否知道這家店。

「我知道，我在這裡當過學徒。」

他們走了進去，看見一個戴著威爾士假髮的老紳士，坐在一張高腳椅上。那椅子非常高，如果老人再高個兩吋，他的頭就會頂到天花板了。

史古基興奮的叫道：「怎麼可能呢？是老費茲威格！感謝上帝，他復活了！」

老費茲威格放下筆，看著時鐘，已經七點了。他搓了搓了雙手，整理了一下有點大的背心，用他慣有的令人愉快的聲音叫道：「嘿，史古基！迪克！過來一下。」

過去的史古基已經是一個年輕的小伙子了，他跟著同伴一起衝進了房間。

「他一定是迪克・威爾肯斯，天啊！就是他。他是我非常要好的朋友。可憐的迪克，親愛的迪克。」史古基對幽靈說。

「好了，孩子們，不用再工作了，今晚是平安夜，要準備過聖誕節了，我們趕緊打掃一下，把門板釘起來。」老費茲威格喊道，雙手拍了拍。

這兩個人動作迅速，他們扛著門板來到街上，以敏捷的動作將門板定位，然後閂上門板，釘上門釘，一下子就完成老費茲威格所交付的使命。

老費茲威格靈活地從高腳椅上跳下來，叫道：

「喲呵！小伙子，趕緊把這地方清理一下，多騰出一些空間來。」

能挪動的都堆放在一起了，地板打掃得乾乾淨淨，燈芯也剪好了，壁爐裡也添了一大堆煤，整間店立刻溫暖、明亮了起來，像一間能開舞會的大廳一樣。

一個帶著樂譜的小提琴手走了進來，他坐到一張高腳椅上，開始調音，琴聲像腹絞痛的病人所發出的呻吟，難聽極了！費茲威格太太面帶微笑地走了進來，老費茲威格三個喜氣洋洋、可愛無比的女兒也進來了，後面還跟著六個因她們而心碎的年輕人。店裡的年輕員工都來了，連費茲威格家的女僕和她當麵包師傅的堂哥也來了。女廚師和她哥哥的朋友——擠奶工人也來了，總讓人以為主人沒讓他吃飽的對街男孩也來了，他總躲在鄰家女孩的身後；隔壁家的女孩剛被她的女主人狠狠地揪了一下耳朵。大家魚貫而入，有些人害羞帶怯，有些人大大方方，有些人舉止優雅，有些人卻笨手笨腳的，有些人神采奕奕，有些人則有氣無力。不管怎麼樣，他們都進屋了，一共擠了二十對。他們互相擁抱，隨著音樂跳起舞來。年老的一對總是跳到別人的位置上，還撞上別人，然後又重新開始跳，最後都會亂成一團。在這個時候，老費茲威格就會拍拍雙手，示意要音樂停下來，並大聲說：「跳得好啊！」小提琴手會在這時把發熱的臉放進黑啤酒壺裡，這壺酒還是特別準備的呢！等他涼快夠了，雖然沒有半個人還在跳舞，他會立刻拉起琴來，好像有另一個演奏者已經累得筋疲力盡回家了，而他是剛來的，準備火力全開，下定決心要擊敗之前那個演奏者。

他們開心地跳著舞，也玩了幾個處罰遊戲，席間還享用了聖誕大餐——蛋糕、尼格斯酒、一大盤冷牛肉、檸檬派、一大盤烤肉，還有喝不完的啤酒。當提琴手拉起《卡弗利爵士舞曲》，整個晚會達到了高潮。老費茲威格起身和夫人跳起舞來，還擔任「領舞人」，身後跟了好多對，雖然他們已上了年紀，身材發福，但舞步依然輕盈、優雅，比那些年紀小他們一半的人跳得還要賣力。

但如果再多兩倍或四倍的人，老費茲威格和他的太太仍可輕鬆應付。說到費茲威格太太，她可是老費茲威格的超完美舞伴。（如果這不是最高的評價，請提供一個更好的，以後我就會用那個評價。）老費茲威格的小腿上好像有一道光束，就像月光一樣，照亮每一個舞步，但你永遠猜不透他們的下一個舞步是什麼。當老費茲威格和他的太太跳完了所有舞步了——前進後退、舞伴牽手、鞠躬屈膝、迴旋、穿針引線、回到原位，最後會一躍而起，雙腿在空中交叉，動作十分靈巧，不僅速度快，又能穩穩落地。從舞池裡退出來時，他們向其他的人點頭行禮，旋轉著離場，算是完成了一件不易完成的事。

當鐘聲敲響十一下時，晚會結束了。老費茲威格和太太站在大門的兩邊與每個客人握手道別，並祝他們聖誕快樂。所有人都回去了，留下了兩個學徒，他們也相互祝福對方聖誕快樂，然後回到店後櫃檯底下的房間睡覺了。

在整個過程中，史古基表現得一點也不像平時的他。他心神完全飛入舞會中，就跟當時的他一樣。他回憶起所有事，回味著所有事，直到年輕的那個自己和迪克的臉出現在他面前，史古基才想起來幽靈，並意識到幽靈正看著他，而幽靈頭頂的光束更加亮眼了。

「只是一點小事，就讓這些人們滿懷感激。」幽靈說。

「小事……」史古基重複了一遍。

幽靈示意他聽這兩個學徒的對話。他們正由衷地稱讚費茲威格夫婦。

聽完他們的對話後，幽靈說：

「他不過是花了幾英鎊，可能也就三、四英鎊吧，就值得你們這樣大力吹捧？」

「不是這樣的。」史古基說。

現在的他說話就像年輕時自己的腔調一樣。

「並非如此，幽靈。費茲威格先生有能力讓我們快樂，也有能力讓我們不快樂，他可以減輕我們的工作量，或加重我們的工作量，他讓我們的工作成為一種幸福，也能使工作變成我們的負擔。就算他只需透過言語、表情或一些微不足道的小事來行使這個權力，那又如何呢？他給我們的快樂是一筆大財富啊！」

他意識到幽靈在看自己，史古基不說話了。

「怎麼了？」幽靈問。

「沒什麼！」史古基回答。

「我知道一定有事。」幽靈繼續問道。

「真的沒什麼！我只是在想，我應該跟我的員工說兩句祝福的話。」史古基說。

許完願後，年輕的史古基熄滅了燈火。史古基和幽靈又回到了街上。

「我的時間不多了，我們得快一點。」幽靈說。

這話不是說給史古基或旁人聽的，但這話一出立刻產生了效果。

史古基又看見了自己。這一次那個年輕的他長大了一點，大約二十幾歲，這也許是他生命中的黃金階段。他的臉部線條還很柔和，但已顯現出一絲的貪婪和焦躁，眼神透露出欲望、貪婪，還有狂妄。

他不是獨自一人，身邊還坐著一位穿著喪服雙眼泛淚的年輕女孩。

「沒關係，對你來說，這根本沒什麼。你的心已經被另外一種愛占據了，它已取代我在你心中的位置。如果這種愛真能給你帶來愉悅，讓你感到安慰，就像我一直努力對你做的那樣，那我不會感到悲傷了。」她輕聲說。

「什麼另一種愛取代了你的位置？」史古基反駁道。

「對於金錢的愛。」

「世界不是就是這樣的嗎？還有什麼比貧困更可怕的呢！追求財富有什麼好譴責的呢！」他說。

她溫柔地回答道：「你太怕這個世界了，你曾經有崇高的理想和抱負，但這些到最後都被你拋諸腦後。現在你只集中精力專注在賺錢。」

「這又怎麼了嗎？就算我變得聰明知道賺錢了，我對你的感情還是沒變啊！」他辯解道。

她搖了搖頭。

「我變了嗎？」

「當我們還很窮時，我們為愛立下誓言，對一切都心滿意足，期待有一天能靠勤奮的工作改善生活。但你變了，雖然我們已不再貧窮，但你卻變成了另外一個人了。」

「當時我還只是個孩子。」他不耐煩地說。

「你心裡應該明白，你已不是當年的你了，但是我沒變。我們曾發誓要同甘共苦，但是現在，我們已變成兩個不同世界的人，心靈已不再契合。我非常認真地考慮過這段感情，我想，我們的緣分已盡，是放開你的時候了。」

「我從來沒想過要分手。」

「你是沒說要分手。」

「既然這樣，你為何要分手？」

「從你已經改變的特質、個性、生活環境、目標都告訴我同一件事情，如果我們以前不認識……」女孩溫和但堅定地望著他，繼續說：「告訴我，你還會找像我這樣的女孩結婚嗎？我想，你不會的。」

從他的反應看來，他似乎接受了這個假設，但他依然辯解說：

「不是你所想的那樣。」

「我也希望不是我所想的那樣。要我接受這個事實一定要有如鐵般的理由。但如果不管是今天、明天或昨天，你都有自由選擇的權利，你還會選擇一個連嫁妝都沒有的窮女孩嗎？在權衡一切後，如果你還是勉為其難選擇了這個女孩，我相信你一定會後悔的。所以，我們分手吧！我要和我曾經深愛著那個你分手。」

他想回話，但女孩卻轉過頭去，繼續說：

「這樣的結果可能會讓你痛苦一陣子，我也希望你會，但只是短時間，你一定會像忘記一段噩夢一樣忘記我們曾有過的一切。希望你在你所選擇的生活中活得快樂。」

說完後她便起身離開了。

「幽靈，不要讓我繼續看下去了！帶我回家吧！為什麼你要這樣折磨我？」史古基說。

「再看一個畫面。」幽靈說。

「不要！我不想看！我不想再看了。」史古基叫道。

但是幽靈抓住他的手臂，逼著他看眼前發生的一切。

他們到了另一個場景：一個不是很大也不豪華的房間，但是看起來非常舒適。壁爐前坐著一位漂亮的女孩，她跟之前看到的那個女孩長得很像，史古基原以為是同一個人，直到看見坐在女孩對面的「她」，才知道美麗的她已嫁作人婦。房間裡熱鬧得震耳欲聾，孩子多得讓情緒激動的史古基數也數不清，完全不像詩歌裡所講述的：「四十隻牛吃草，寂靜無聲，安靜得好像只有一隻。」這場景不是四十個小孩聚集成一個，而是每個小孩都像是分身成四十個一樣，喧鬧無比。但好像沒人在意，連母女也一起笑著，似乎很享受這一種感覺，她們還一起玩遊戲。但我一點都不習慣，我從沒這樣過，即使給我全世界的財富，我也絕不會把編好的辮子弄亂，也不會扯掉那些可愛的小鞋子。即使我再膽大，也不敢在遊戲中拉扯她的背心，因為我怕上帝懲罰我，讓我的手臂再也伸不直。但是，我渴望碰觸她的唇，我想問她，這樣她就會輕起朱唇開口說話；我想看她下眼瞼上的睫毛，讓她因為害羞而臉紅臉；我想看她將她波浪般的秀髮放下，每一吋髮絲都珍貴啊！總而言之，我也曾想過要像個孩子般肆無忌憚，又想要變得成熟一點好明瞭它的價值。

這時穿來一陣敲門聲，她笑臉盈盈，也不顧衣服已被孩子們扯得亂七八糟的，跟著一群激動喧鬧的孩兒一起簇湧到門口，迎接歸來的父親。歸來的父親身後跟著一個提滿聖誕禮物的送貨員，孩子們一起衝上去搶自己的禮物，讓送貨員一時招架不住。孩子們把椅子當梯子，爬上去搜查他的口袋，還搶他手中的棕色紙袋，抓他的領結，抱住他的脖子，拍打他的背，踢他的腳，每打開一件禮物他們就發出一陣驚喜的歡呼。突然一聲尖叫嚇壞了大家，原來是小嬰兒把玩具鍋放進嘴裡去了，大家還懷疑他是不是已經吞下了一隻黏在木頭淺盤上的假火雞，還好只是虛驚一場。在一陣歡樂與狂喜之後，孩子們都累了，於是帶著愉悅的情緒上樓睡覺去了，一切才又恢復了寧靜。

此刻的史古基可以更加清楚地看清眼前的景象了。屋裡的主人走近火爐，靠在妻子身邊坐著，他那惹人憐愛的女兒也倚在他的腳邊。史古基心想：這個優雅、美麗的女孩本該叫他父親的，本會給他枯燥的生活帶來許多歡樂……想到這裡，他的淚水竟在眼裡打轉了起來。

「貝兒，下午的時候我碰見了你的一個老朋友。」那父親微笑著對妻子說。

「誰？」

「你猜。」

「我怎麼猜得到呢，我想想……是史古基先生？」她笑著對他說。

「就是史古基。我經過他的辦公室，窗戶沒關，他在裡面點了根蠟燭。我忍不住探頭進去看看他。聽說和他一起工作的伙伴生病了，他一個人獨自坐在那兒，一定很孤單。」

「幽靈，快帶我離開。」史古基嘶啞著嗓子說。

「我告訴過你這些全是過去發生過的事實。這些全是事實，我並沒有迫使這一切發生。」幽靈說。

「帶我離開，我受不了了！」史古基叫道。

他轉向幽靈，看著它，發現它的臉變得十分奇怪，浮現出之前看過的所有臉的碎片，而且全都糾結在一起。

「快帶我離開，帶我回去，不要再捉弄我了！」

史古基掙扎著，幽靈沒有反應也沒有反抗。史古基看到它頭頂的光環越來越明亮，他隱約認為是這個光環在影響它，所以他抓住帽子壓在幽靈頭上，想要熄滅它頭上的光。

儘管他用盡全力把帽子從幽靈頭上穿過那無形的身體直壓到地上，光還是從帽簷下透了出來，照亮了整個地面。

史古基已筋疲力盡，昏昏欲睡。當他使盡最後的力氣壓下帽子時，他發現自己已回到了臥室，於是搖搖擺擺地倒在床上，沉沉地睡著了。

STAVE Ⅲ：

The Second of the Three Spirits
第二個幽靈

在一陣巨大的鼾聲中，史古基醒了過來，起身坐在床上，想整理一下思緒。很快就要到凌晨一點了。他知道一定是有某種原因讓他準時在這個時候醒來，而根據馬力告訴他的訊息，第二個幽靈將要來拜訪他了。這一次他並沒有等幽靈拉開床邊的布簾便自己拉開了，然後躺下來觀望四周，因為，他不想因為幽靈的到訪到而驚嚇、緊張。

那些性格不拘小節的紳士總是裝出一副看過世面、十分精明的樣子，讓人以為不管是擲錢遊戲還是殺人他們都很在行，並以此來展現喜愛冒險的才能；當然啦，在擲錢遊戲和殺人這兩個極端之間，還有其他許多事情。史古基已經經歷了這麼多奇怪的事，相信他已經做好準備迎接各種奇怪的事物，此時不管出現的是嬰兒還是犀牛，或是其他恐怖的東西，應該都嚇不倒他。

此刻他做好了一切準備工作，但當鐘聲響了一下後，什麼也沒有發生。

史古基開始顫抖了起來。五分鐘，十分鐘，一刻鐘過去了，仍然毫無動靜。他剛躺了下來，一束紅色的光芒照到床上，其實這道光是從一點鐘的鐘聲響起時蔓延進來的。史古基不知道這束光有何含意，或預示什麼，因此更覺得它比十二個鬼魂都還要讓人害怕。對一個沒有預言能力卻又知道會有事發生的人來說，就像你或我都有可能會想像的那樣，這個念頭占據了他整個思緒，他緩緩地下了床，穿上拖鞋後走到客廳門口。

史古基才將手剛放到門把上，他聽到一個奇怪的聲音呼喚著他的名字，叫他進去。他照辦了。

那原是他自己的房間，但房間已經發生了讓人驚訝的變化。牆上和天花板上掛滿了常春藤，樹枝上掛滿了閃閃發亮的漿果，冬青、槲寄生、常春藤樹葉反射著光，好似房間的角落裡放著許多面鏡子。壁爐裡竄起了熊熊的火焰，史古基或馬力住裡面時也從來不會生這麼大的火。房間地板上各式各樣的食物堆積得像是皇帝的寶庫，有火雞、烤鵝、野味、乳豬、野豬肉、大塊的烤肉、成串的香腸、檸檬派、葡萄乾布丁、牡蠣、熱呼呼的栗子、鮮紅的蘋果、多汁的橘子、新鮮又甘甜的梨子、二十吋的大蛋糕，還有大碗的五味酒，房間裡充滿了美食的香味。一個笑呵呵的大個子幽靈坐在這些食物堆成的寶座上面，手裡還高高舉著一個山羊角模樣（風饒之角）的火炬。當史古基偷窺房間的時候，它高舉火把，光束正好照到他身上。

「進來吧！進來吧！這樣你就能把我看得更清楚了。」幽靈說。

史古基順從地走了進去，低著頭走到幽靈面前。儘管這個幽靈看起來很和善，但他還是不敢正視它。

「我是現在之聖誕幽靈，你抬頭看看我。」幽靈說。

史古基照做了。幽靈穿著一件樣式簡單的深綠色長袍，滾邊上裝飾著白色的毛。長袍鬆鬆垮垮地套在幽靈身上，整個胸口都露了出來，好像不喜歡被遮住或被任何東西掩飾。它沒穿鞋，腳從長袍下露了出來。它的頭上裝飾著冰柱的聖誕花環。它那深棕色的長髮隨意地從頭上垂下來，襯托出它那張友善的臉，就跟它那張開的雙臂、炯炯有神的雙眼，還有愉悅的聲音氣氛一樣自在隨意。它的腰間掛著一個古式劍鞘，可是裡面卻沒有劍，而那劍鞘早已鏽跡斑斑。

「你從沒見過像我這樣的嗎？」幽靈說。

「從來沒有。」史古基回答。

「也從來沒有碰過我們家其他成員嗎？我說的是我那些這幾年才剛出生

的哥哥。（我的意思是我很年輕）」幽靈繼續說。

「我想我沒遇過，你有很多兄弟嗎？幽靈。」

「超過一萬八千個吧！」幽靈說。

「真是個大家族。」史古基嘟噥著。

現在之聖誕幽靈站了起來。

「幽靈，你想帶我去哪兒都行。昨天，第一位幽靈逼著我跟它走，我學了許多寶貴的經驗。今晚，如果你有什麼東西要教給我我就盡量吧！我希望我也能有所獲。」史古基說。

「摸我的長袍。」

史古基照辦了，他的手立刻黏在長袍上。

此時，所有的冬青枝、聖誕花環、漿果、常春藤、肉、火雞、乳豬、香腸、牡蠣、派、布丁、水果和五味酒全都不見了。客廳、房間裡的爐火、閃爍的光及黑夜也都消失了。此刻，是聖誕節的早晨，他們站在一條街道上。天氣很冷，人們忙著剷除人行道及屋頂上的雪，當孩子們看見彷彿瀑布一般的雪從屋頂掉落到地面上，好像是一場小暴風雪似的，個個興奮極了！

與覆蓋在屋頂的皚皚白雪相較之下，或是與地面上已經弄髒的雪相比，房子的門面看起來黑多了，而窗戶竟然更黑，形成了強烈的對比。路上馬車碾過的地方，白雪變成了灰黑色。車輛在雪上碾出無數的車輪痕跡，形成複雜的溝渠，但在黃泥和雪水的覆蓋下已十分難辨識。天空陰沉沉的，天色陰霾，半融化半結冰的霧氣籠罩著整條街。不管是天氣，還是小鎮，都沒有讓人高興的事，但空氣中卻彌漫著一種令人快樂的氣氛，這是晴朗夏日也沒有的感覺。

因為，在屋頂掃雪的人們心情是那麼愉快，他們高興的打招呼，偶爾還會互丟雪球——這東西可比許多人造武器好多了，如果丟中了，就哈哈笑幾聲，要是沒丟中也一樣很開心。肉舖的店門半開著，水果店已經開門了，門口擺滿了一籃籃圓滾滾的栗子，就像是一群穿著背心十足開心的老紳士靠在門邊，那肥嘟嘟的大肚腩都突到街道上了，而紅皮棕臉的西班牙洋蔥，肥美的就像是西班牙修士，朝著經過的女孩猛眨眼放電，而一瞄到掛在牆上的槲寄生時，才又正經了起來。蘋果、梨堆積得像金字塔一樣高，而一串串的葡萄掛在顯眼的位置上，吸引著過往行人的目光，讓人不禁垂涎三尺。棕色的榛子所散發出的香味，不禁讓人想起在林間散步的回憶，想起腳踝埋在枯萎樹葉裡的樂趣；剛剛摘下的暗紅色諾福克蘋果在黃色的檸檬和柳橙襯托之下，散發出的美妙香味，像是急切地呼喚著人們把它們裝進紙袋帶回家作為

餐後甜點。在各式各樣的水果之中，擺了一個魚缸，裡頭有幾條金、銀色的魚，牠們雖然有點遲鈍又冷血，但也知道今天是特別日子，所以帶著悠閒的心情慢慢地在牠們的小小世界中悠遊著。

雜貨店快要關門了，就差兩片門板了，但從門縫中還是能窺見裡面的景象。放在櫃檯上的秤盤發出快樂的聲音，捲軸將痲線切斷了，發出清脆的聲音，瓶瓶罐罐搖得咯咯響，茶和咖啡混合成一種誘人的氣味，葡萄乾粒粒飽滿，杏仁顆顆白淨，肉桂棒又長又直，其他的香料香味瀰漫，水果上澆裹著糖漿誘惑著路過的人們，讓人口水直流；還有多汁的無花果、在包裝盒裡散發出微紅的洋李，看起來十分可口的食物都換上了聖誕服裝。但是，顧客們是匆匆忙忙，急忙地在人群中穿行，以致於手上提的竹籃老是撞來撞去，不然就是把商品忘記在櫃檯上，只好又回頭來拿，雖然人們總是犯同樣的錯誤，但仍然保持著好心情。雜貨店的老闆和員工們依然精神十足，親切、熱誠地為顧客服務，他們的心就像別在他們的圍裙後面那個金屬別針一樣，總是閃閃發光。

教堂的鐘聲召喚著人們上教堂，於是人們穿著自己最好的衣服，臉上洋溢著過節的興奮，帶著愉悅的神情往教堂走。在同一時間，窮苦的人們也拿著他們的食物從四面八方湧向麵包店。看到這麼多窮人準備前往教堂，幽靈很感興趣，於是站在麵包店門口，而史古基跟在它背後，當這些窮人經過時，幽靈就會把每個人晚餐盒的蓋子打開，用火炬在每一份晚餐裡加一點料。這個火炬還真神奇啊！如果端著飯菜的人撞到一起，開始吵架了，幽靈就用火炬往他們身上灑幾滴水珠，他們馬上就和顏悅色了，誠如他們自己所說的：在聖誕節還要吵架是很丟臉的！的確是這樣沒錯。

這時鐘聲停止了，麵包店也關門了，晚餐和烹飪都已開始愉快的進行著，每個麵包店火爐上的雪都開始融化了，就連人行道上都冒著熱騰騰的熱氣，好像人行道也正在烹煮食物呢！

「你用火炬灑的東西有什麼特殊的味道嗎？」史古基問道。

「我加了點『我的味道』。」

「可以灑到各種食物裡嗎？」史古基繼續問道。

「可以，尤其是給窮人。」

「為什麼是給窮人？」

「因為他們最需要它。」

史古基沉思了半晌，他說：「我很好奇，為什麼周遭這麼多人，只有你想約束這些窮人，剝奪感受歡樂的機會。」

「我！」幽靈叫道。

「你每隔七天就剝奪他們用餐的機會，今天不是他們能好好享用一餐的日子嗎？」史古基問。

「我！」幽靈叫道。

「你企圖讓麵包店在禮拜日關門不是嗎？到頭來結果還不是一樣。」史古基說。

「我！」幽靈說。

「如果我說錯了，請你原諒我。禮拜日休息是假借你的名義，或是你們家族某個成員的名義。」史古基說。

幽靈回答道：「俗世中總是有像你這樣的人，聲稱瞭解我們，就假借我們的名義，進行激情、惡意、仇恨、嫉妒、偏執和自私的行為，其實我們並不認識這些人。請你記住，他們應該為所做的一切負責，而不是把帳算在我們頭上！」

史古基保證他會記住它所說的這些話。他們繼續往前走，隱身來到郊外，就跟之前和前一個幽靈在一起的情況一樣。這個幽靈真奇怪（在麵包店時史古基就見識到了），撇開他巨大的身形不說，它竟能輕鬆地將自己塞到任何地方。此時的它就站在一個低矮的房屋下，但還是能展現出幽靈的優雅氣質，彷彿就站在華麗的大廳中一樣。

或許這個和善的幽靈很樂意展示自己的這個能力，也許是它善良、慷慨、熱忱的天性和它對窮人們的憐憫，讓它來到史古基員工的家門前。它領著史古基來到了門廊前，以火炬灑下對鮑伯•克萊奇特一家的祝福。鮑伯一週只能賺十五先令，星期六他才領得到錢，幽靈竟然降福在他那個只有四個房間的小房子。

克萊奇特太太——也就是鮑伯的太太，她穿著一件樸素的裙子，那是一件改了兩次的禮服，還裝飾了緞帶。她正在布置餐桌，二女兒貝琳達在一旁幫忙，她的衣服上也大膽的裝飾了彩帶。她的兒子彼特正把叉子叉進一鍋裝滿馬鈴薯的長柄鍋裡，看看是否已經熟了，還一邊咬著身上大襯衫的衣角（這衣服是鮑伯的財產，但在特別的節日裡他把衣服送給了兒子。），他覺得這樣穿很好看，還想到公園去秀一下呢！另外兩個小一點的孩子——一個男孩和一個女孩興奮地說經過麵包店時聞到烤鵝的香味，心裡想著那一定是給自己吃的烤鵝，幻想著香料、洋蔥的香味。圍著餐桌跳舞，彼特吹著火控制火溫，馬鈴薯已經快煮熟了。

克萊奇特夫人問道：「你父親現在會在哪兒呢？還有你的弟弟提姆呢？

瑪莎也遲到半小時了，以前不會這樣啊！」

「我在這裡，媽媽。」傳來一個女孩的聲音。

「瑪莎回來了！啊，我們有烤鵝耶，瑪莎。」兩個孩子叫道。

「親愛的，你怎麼會這麼晚？」

克萊奇特夫人邊說邊吻著她，並幫她脫下帽子和披肩。她還穿著工作服。

「昨晚我們很忙，今早又得收拾好，所以才這麼晚，媽媽。」女孩回答。

「好！回來了就好了，沒人怪你。親愛的，快坐到火邊來暖和一下。」克萊奇特夫人說。

「哦，哦，爸爸回來了。瑪莎，快躲起來！」兩個孩子喊道。

瑪莎趕緊躲了起來。鮑伯走了進來，脖子圍著長長的圍巾。他雖然一身破衣，卻很整齊，肩上還扛著小提姆。小提姆杵著一個拐杖，腿上有鐵架支撐著。

鮑伯四處張望了一下，喊道：「瑪莎呢？」

「還沒回來。」克萊奇特夫人回答道。

「還沒？」鮑伯一下子沒了興致。「聖誕節還不回家？」

剛剛他充當小提姆的汗血寶馬帶著他去了教堂，心情非常好，但此刻心情盪到了谷底。

瑪莎實在不忍心看到父親這麼失望，她便從衣櫥門後跳了出來，衝到父親懷裡。兩個小孩則把小提姆從爸爸肩上抱下來，帶他到廚房去看看布丁做好了沒有。

「提姆今天表現得怎麼樣?」克萊奇特夫人問道。

「絕大部分時間都表現得很不錯!他總是一個人沉思,老是有一些奇特的想法,或許是他常常一個人的緣故。在回家的路上,他告訴我,在教堂時他希望人們多看看他,因為他雙腳不良於行。而看著他,就能提醒人們在聖誕節這一天,想起耶穌曾讓瘸腿的乞丐走路,讓盲人重見光明,他覺得這是一件很令人開心的事。」鮑伯說。

「沒錯,小提姆越來越堅強了。」說到這兒,鮑伯的聲音顫抖了。

傳來一陣輕輕的拐杖敲擊地板的聲音,小提姆走了進來。他的哥哥、姐姐們攙扶著他,讓他坐在火爐邊的椅子上。這時,鮑伯挽起破得不能再破的袖口,將一些杜松子酒混著檸檬放進水壺裡,攪拌均勻後將水壺放在鍋架上煨著。彼特和他的兩個弟弟妹妹去廚房端烤鵝,一會兒便浩浩蕩蕩地走了進來。

接下來亂哄哄的情景可能會讓您覺得鵝真是世界上最珍貴的鳥類，不過，對他們家來說，也的確是這樣沒錯。克萊奇特夫人把裝在長柄鍋裡的肉汁加熱（之前就已經用平底鍋做好了的），彼特用力地把馬鈴薯打成泥，貝琳達在蘋果醬裡加糖，瑪莎則要把盤子加熱。鮑伯把小提姆的椅子拉到餐桌的一角，讓他坐在自己身邊；另外兩個小一點的孩子則幫每個人搬來了椅子，當然也不會忘記搬自己的。然後他們爬上椅子，把湯匙放到嘴裡，免得為了等不及吃鵝肉而尖叫。好不容易全家人終於可以坐下來了，於是一家人開始做禱告。禱告結束之後，克萊奇特夫人慢慢地環視了一圈餐桌，望向切肉刀，這時全家人都屏氣凝神，看著她把刀插進鵝肉裡。當她一刀切下，露出大家期待已久的餡料時，餐桌上響起一陣歡呼聲。那兩個小一點的孩子興奮地拿餐刀刀把猛敲打桌子，連小提姆也跟著興奮起來，「好啊！好啊！」地狂呼。

這隻鵝真是太棒了！鮑伯說他從沒吃過這麼好的烤鵝，不但肉質鬆軟，香味四溢，價格也十分便宜，分量又多！這隻烤鵝真是太棒了！再加上蘋果醬與馬鈴薯泥，對這個家庭而言，這一餐實在太豐盛了！

克萊奇特夫人愉快地說著：「配上蘋果醬、馬鈴薯泥，真是一頓是豐盛的晚餐。」

大家吃得乾乾淨淨，一點都沒剩。當貝琳達收拾餐桌時，克萊奇特夫人則一人到廚房去拿布丁，因為她太緊張了，擔心布丁做不成功。

「布丁會不會沒做好啊？」、「布丁會不會碎掉啊？」、「會不會有人翻過後院牆偷走布丁啊？」……當孩子們還在回憶烤鵝的美味時，又開始胡

亂猜想了。

打開鍋蓋時，一股熱騰騰的蒸氣立即湧上來，她小心翼翼地從鍋裡拿出布丁。那氣味聞起來像是洗衣日的味道，還有餐館和糕餅舖混合在一起的味道，這就是布丁的味道。半分鐘後，克萊奇特夫人笑容滿面地進來了，她臉色泛紅，看起來很得意，手裡捧著一個宛如布滿斑點的砲彈，周圍還有白蘭地酒熊熊燃燒著，上頭還裝飾著一束冬青葉子。

鮑伯喊道：「好棒的布丁啊！這可是我們結婚這麼多年來，你做得最好的一次了。」

克萊奇特夫人說：「我終於可以鬆口氣了，剛開始真的很擔心，因為家裡的麵粉不夠。」大家都讚歎這個布丁做得實在太好了，沒一個人說它太小了。儘管對這個大家庭來說，它確實太小了。

終於吃完了聖誕大餐，桌面也清理乾淨了，爐火也生了起來。大家品嘗著之前架在火爐上的混合酒，真是美味啊！蘋果和橘子也端上了桌，火上還烤了一鏟子的栗子，大家圍坐在火爐旁。而鮑伯身旁放著家裡僅剩的玻璃杯——兩隻平腳玻璃杯和一個沒有把的水杯。

他們在杯裡裝滿了加熱的混合酒，就算是用高腳玻璃杯來裝這些酒，也不會比現在這樣更好喝。鮑伯為大家倒上酒後，開始說祝酒詞：

「祝我親愛的家人聖誕快樂。願上帝保佑我們每一個人！」

家裡的每個人都跟著念了一遍。

小提姆是最後一個：「願上帝保佑我們每一個人！」

小提姆坐在鮑伯旁邊的椅子上。鮑伯輕輕地又堅定地抓著小提姆那隻萎縮的手，他很愛這個小孩，希望把他留在身邊，深怕有人會把他從身邊奪走。

史古基一反常態，很關心地向幽靈詢問：

「幽靈，快告訴我，小提姆能活下來嗎？」

幽靈回答道：「我看到一張空椅子，就放在煙囪的角落，還有一根沒人用但保存得很好的拐杖。如果我看到的這些將來的影像保持不變的話，那麼，這就是小提姆的命運了。」

「不！不！噢，不！善良的幽靈，你饒了他吧！」史古基喊了起來。

幽靈回答說：「要是這一切不改變的話，他就會死。但是，這又怎樣？反正你說過，如果這些窮人死了，正好可以緩和人口過剩的壓力。」

聽到幽靈重複這些他曾經說過的話，他羞愧地低下了頭。

幽靈說：「要是你還有一點人性的話，在你尚未瞭解人口過剩的真正意義及問題到底出在哪裡之前，就別再說這種話。你為什麼要決定誰要活在這個世界上，誰應該去死呢？或許從上帝的觀點來看，比起那些人的孩子來說，你更沒有資格活在這個世界上！啊，上帝。」

在幽靈的譴責之下，史古基渾身顫抖，眼睛死盯著地面。但他聽見從鮑伯家傳來一個聲音，這個聲音讓他抬起了頭，他們在說他的名字。

「向史古基先生致意！」

鮑伯舉起酒杯又說了一次祝福：

「向史古基先生致意！因為有他，我們才能享用這頓大餐。」

「的確是他讓我們享用到這頓大餐，如果他在這裡，我會好好訓他一頓，把他當作聖誕大餐！」克萊奇特夫人生氣地說。

「親愛的，今天是聖誕節。」鮑伯說。

「今天的確是聖誕節，只有今天我們才會為像史古基那樣的吝嗇、小氣、刻薄、討厭、沒人性的傢伙舉杯祝福。鮑伯，沒人比你更清楚他的為人了，真可憐！」

「親愛的，今天可是聖誕節啊！」鮑伯平靜地說。

「好吧！為了你，為了聖誕節精神，我才願意祝他身體健康，祝他長命百歲，聖誕快樂，還有新年快樂！我敢說他一定很快樂、很高興！」

孩子們也跟著祝福史古基節日快樂，但這是他們第一次心不甘情不願。只要一提到史古基的名字，剎時有如烏雲罩頂，大家過節的興致低落了不少，整整有五分鐘之久。

等待烏雲散去後，大家又恢復了興致，而且比之前更加快樂。

鮑伯告訴大家，他在想像彼特長大後進入社會賺錢的情形，他每週可以賺個五到六便士。兩個小一點的孩子想著彼特變成大人工作的樣子，就樂得哈哈大笑。彼特自己呢？他若有所思地坐在火爐旁望著爐火，像是在思考他可以把微薄的薪水拿去投資什麼。在女帽設計店當學徒的瑪莎，則告訴大家她的工作性質，平時都做些什麼工作，一次要工作多長時間，還說明天她要好好睡個覺，因為明天她休假。她還說幾天前她見到了一位伯爵夫人和一位動爵，而那位公爵跟彼特一樣高，聽到這兒，彼特把衣領拉得更高了，高得遮住了自己的腦袋。他們聊天時，栗子已經烤好，酒也溫好了。這時，小提姆唱起了歌，歌詞說的是一個小孩在雪地裡迷路的情形。小提姆唱歌時聲音不大，略帶哀傷，聽起來還真是不錯呢！

這個家庭宴會一點都不特別，因為這家人極為平凡。他們長相一般，衣著簡樸，但是他們快樂、感恩，他們對自己所擁有的、對彼此都很知足。

當克萊奇特一家的影象漸漸消失時，幽靈手中的火炬燃燒得更亮了，史古基一直盯著他們看，尤其是小提姆，直到他們完全消失。

這時，天已經黑了，雪下得更大了。史古基和幽靈沿著街道走著，沿街家家戶戶的客廳、房間、廚房都燈火通明，也都布置得很有過節的氣氛。其中一家的餐廳燈火搖曳，晚餐已經準備好了，深紅色的餐布上擺放著烤熱的餐盤；另一家的孩子跑到屋外迎接他們的姐姐、哥哥、堂兄、堂弟、叔叔、阿姨們，爭先恐後搶第一；另一家的餐廳在宴客，杯觥交錯的影子映在窗戶上。在路的另一頭，一群穿戴著頭巾和靴子的女孩，嘰嘰喳喳地走在街上，那些單身漢的眼光總是死盯著她們不放，但那些女孩心裡可清楚得很，全都是因為自身的魅力啊！

但是，如果你看著路上趕往聚會的人潮，你可能會認為當他們到達目的地時，應該沒人會出門迎接他們吧！幽靈看到這樣的景象，高興得不得了，它大口呼吸，露出寬廣的胸膛，張開大大的手，飄在空中，並且大方地灑下快樂和光明。一個點燈人跑在他們的前面，點燃了街道兩旁的街燈，盛裝打扮的他顯然正要去赴約。而當幽靈經過他身邊時，他大聲地笑出來，但他並不知情，此時聖誕幽靈正伴著他呢！

在幽靈沒有給任何預告之下，史古基發現他們已經來到了一個空曠的荒原上，四處都是奇形怪狀的巨石，好像是巨人的墳場。曾經水流遍地的地面早已結冰，地面只剩苔蘚。在西方的天際，火紅夕陽灑下最後一絲餘暉，怒目瞪視著荒野，但不久之後，蹙眉越來越低，直至完全消逝在濃濃的夜色中。

「這是什麼地方？」史古基問道。

「礦工們住的地方。這些人在很深的地底下工作。可是他們認識我，你看！」

他指了指有燈光的窗戶，史古基和幽靈快速走了過去。他們影子般的身體穿過泥石做的牆壁。他們看見一群快樂的人圍坐在火堆旁，一對老夫妻和他們的孩子、孫子、曾孫一身都是過節的打扮，老先生唱著聖誕歌曲——那是一首很老的歌，是老人還是小孩時就聽過的歌曲，而後大家也都加入了合唱，當他們一開口唱歌時，老人更開心了，於是更大聲地唱著。當歌曲結束時，老人才平靜了下來。

幽靈並沒有在此停留很久，他要史古基抓住他的袍子，他們離開了礦工家，飛過了荒原，高高地飛在荒原的上空。史古基向下看又向後看，心裡很害怕，因為他看到的都只是波濤洶湧的大海。他只聽見隆隆的水聲，聽到海水撞擊岩石的聲音，海水肆無忌憚地咆哮著、奔騰著，聲勢甚為駭人。

很快地，他們看到在離海岸幾里遠的礁石上，有一座孤零零的燈塔。一大片海草纏著燈塔的基底，海燕環繞在四周上上下下的飛翔著，就像是牠們飛掠而過的海潮一樣。

即使是在這裡，雖然燈塔石牆的縫隙不斷透著徹骨的海風，兩個燈塔守衛也升起了一堆火，兩人坐在簡陋的桌子旁喝著烈酒，互相祝福對方聖誕快樂。其中較年長的一位已是滿臉風霜，皺紋和傷疤說明了他的遭遇，他用粗啞的嗓子唱起了聖誕歌曲，氣勢卻是十足磅礴，有如外頭放肆呼嘯的暴風雨。

幽靈和史古基再次加速飛躍波濤洶湧的漆黑大海，最後幽靈告訴史古基他們來到了一艘船的甲板上。他們就停在舵手的旁邊，停在船頭的守望員旁邊，也停在船長和船員們的位置上，這些人拖著如鬼魅般的幽暗身影駐守在自己的崗位上，但每個人都帶著歸航的期盼，不是哼著聖誕歌曲，就是心裡默默想著聖誕節，或是跟同伴討論過去在家裡是怎麼過聖誕節的。

聽著海風蕭蕭，在漆黑的大海上航行讓史古基感到十分驚訝。雖然前方的大海猶如死亡般無法預測，但他們依然前行。突然間，他聽見一陣開懷的大笑聲。

史古基訝異地發現竟然是他的外甥在笑，更讓他驚喜的是他們來到了一個明亮、乾淨的房間，幽靈正微笑地站在他身旁，以和藹的神情看著史古基的外甥。

「哈哈哈哈。」史古基的外甥大聲笑著。

我想再沒有人比史古基的外甥笑得如此開懷了。如果有的話，一定要帶來讓我認識、認識。

疾病和憂愁一樣會傳染，但沒有任何事物的感染力能比得上笑聲。史古基的外甥一邊捧腹大笑著，一邊做出各種滑稽的表情，而他的妻子和那些與他一起過聖誕節的朋友也笑得樂不可支。

「哈哈哈哈……」

「他說聖誕節根本是亂來，他真的這麼想。」史古基的外甥說。

「弗瑞德，他真是可憐啊！」他的妻子很認真的如此說。

其實，她長得真美，有深深的酒窩、嬌豔欲滴的雙唇、一雙閃閃動人的眼睛，十分迷人，一看就讓人覺得很舒服。

「他是個有趣的老人，或許他應該更和藹一點。不過我對他倒沒什麼不滿。」史古基的外甥說。

「你跟我說過他很有錢，弗瑞德。」她說。

「那又怎樣呢？親愛的。他的錢對他有什麼用呢？他並沒有好好利用，他也不用這些錢讓自己過得舒服點，甚至一想到將來要把這一筆財富留給我們就渾身不舒服。」

「我受不了他。」他的妻子如此說。在場的其他幾位女士也表示同意。

但史古基的外甥說：「還好啦！我覺得他很可憐。雖然我邀請他卻被拒，但我不會生他的氣。他那樣做受苦的是誰？還不是他自己。他不喜歡我們，就拒絕到我們這裡來吃聖誕大餐，結果是怎樣呢？他錯過了一頓豐盛的晚餐啊！你看吧，最後受苦的還不是他自己。」

「沒錯！我想他錯過了一頓美味大餐。」妻子插了一句，每個人都同意她的說法。他們絕對有理由這麼說，因為他們剛吃完一頓美味的晚餐，甜點還擺在桌上，此時大家圍坐在火爐旁。

「我很高興聽到你這麼說，因為我對現在的年輕主婦沒什麼信心，塔普，你說呢？」史古基的外甥說。

塔普顯然對弗瑞德妻子的妹妹有好感，他說他是一個單身漢，沒資格發表看法。聽他這麼一說，弗瑞德妻子的妹妹——身材豐滿，衣服上有蕾絲縐褶的那位，竟然臉紅了。

「弗瑞德，繼續說下去。話老是說一半，真是的！」他妻子拍著手說。

史古基的外甥又大笑了起來，雖然弗瑞德妻子那身材豐腴的妹妹想要嗅嗅芳香醋來避免發笑，假裝嚴肅，但還是跟著大家大笑了起來。

他說：「我正要講下去呢！我只是想說，舅舅說不喜歡我們，不跟我們一起過聖誕節，結果就是他因此錯過許多快樂的時光，錯過許多跟我們一起相處的時光，這些是在他那間充滿黴味的辦公室和陰暗的公寓裡找不到的。但是，我每年仍會去邀請他，而不管他喜不喜歡，只因為我很同情他。也許他有生之年都會不斷地辱罵聖誕節，但是我每年都會帶著好心情去找他，也許他心血來潮，開心地送給他那可憐的員工五十英鎊當作是禮物呢！如果真是這樣，那也算有點意義，我會覺得他應該是被我的熱誠感動的，所以才會大發慈悲。」

聽到這兒，所有人都笑了。史古基的外甥脾氣非常好，完全不在乎這群人到底在笑什麼，仍然繼續鼓動大家的情緒。而他們之所以笑，全是因為節日的快樂氣氛。

喝完茶，這群人開始彈琴、唱歌，他們都喜歡音樂，也或多或少都懂一點樂器。史古基外甥的妻子彈起了豎琴，大家一起唱著一首小曲，雖然曲調簡單，卻深深觸動了史古基，因為這首曲子正是當年把史古基從寄宿學校帶回家的那個小女孩所熟悉的曲子。當旋律響起時，過去之的幽靈曾帶他經歷的那些景象又浮現在他的腦海，他的表情變得越來越柔和，他想：要是經常聽這樣的曲子，或許不會是現在這個樣子，應該會變得善良、仁慈，也不會用一把鋤頭就草草把馬力給埋了。

隨後，他們開始玩起處罰遊戲。偶爾能像個孩子一樣也不錯啊，更何況今天是聖誕節，紀念的不就是一個小孩嗎？

首先上場的是盲人遊戲，而第一個假扮盲人的是塔普，他老跟在豐滿妹妹的身後，一不小心就撞倒了火爐用具，一會兒被椅子絆倒，還撞到鋼琴，被窗簾捲住，差一點悶死，不管她走到哪兒，他就跟到哪兒，而他總是知道她在哪裡，但他卻抓不到半個人，如果有人故意跑到他面前（有人就故意這樣逗他），他就會裝出抓不到你的樣子，然後還是一直跟著那個胖妹妹轉。而她呢，則一直喊說不公平。儘管她靈巧地閃躲、快速地移動身體，最後還是被他逼到一個角落，終於被他逮住了。他實在是壞透了！甚至還假裝不知捉住的人是誰，趁機撫摸她的頭巾，摸摸她手上的戒指，還摸摸她脖子上的項鏈，以確認是不是她！他這舉動真丟臉！當新一輪的盲人遊戲開始時，這兩人竟偷偷躲在窗簾後，想必她一定把心裡的感受一五一十地告訴他了。

弗瑞德的妻子沒有加入遊戲，她舒服地躺在一張放在角落裡的大椅子上，雙腳高翹在腳凳上，而史古基和幽靈就站在她身後不遠處。不過她加入了後來的字母遊戲和問答遊戲中，她對這個可在行了。不分長幼，大概有二十個人加入到這個遊戲，史古基對這個遊戲也很感興趣，他完全忘記別人聽不到他的聲音，竟大聲地說出答案，而且都答對了呢！

幽靈很高興看到史古基情緒如此之高昂，當史古基像個孩子一樣懇求他讓他多待一會兒時，幽靈竟流露出關愛的眼神，但幽靈無法答應他的請求。

「開始玩新遊戲了，讓我再待半小時吧，再半小時就好了。」史古基說。

遊戲的名字叫「是還是不是」，玩法是弗瑞德必須在心裡想著某個東西或是某個人，其他人就要以發問的方式來猜出他心裡所想的答案，而這些問題只能用「是」或是「不是」來回答，

「是的，是一隻動物，活生生的動物，是個挺讓人討厭的動物，而且是一隻野蠻的動物，是一隻會吼叫的動物；是的，它住在倫敦，在街上走來走去；不，它不表演節目；不是，沒人牽著它；不，它不是住在籠子裡；不，它從來不會在市場上被宰殺；不，不是馬，不是母牛，不是公牛，不是老

虎，不是狗，不是豬，不是貓，也不是熊。」

對於每一個問題，弗瑞德都發出一陣爽朗的笑聲，他笑得如此開心，最後不得不跺著腳，從沙發上跳了起來。最後，那位豐滿的妹妹跟著弗瑞德一起大笑了起來，她大聲喊著：

「我知道是什麼了！」

「是什麼呢？」弗瑞德問道。

「是你的舅舅，史古基！」

她猜對了。

「但是，當我們問道『這是一隻熊嗎？』的時候，你應該回答『是』啊！這樣我們就不會被誤導了。」其中一個客人說。

「他讓我們今天過得非常快樂，我們應該為他的健康喝一杯。為史古基舅舅乾杯！」弗瑞德舉起了酒杯說。

「敬史古基舅舅！」

「無論他在哪裡，我們都祝這位老人聖誕快樂，新年快樂！雖然他不能當面聽到我的祝福，但無論如何他都有這些祝福了。為史古基舅舅乾杯！」

史古基此刻的心情很輕鬆。他很感謝這些客人為他祝福，他也在心裡祝他們聖誕快樂、新年快樂。但幽靈並沒有給他太多的時間，因為當弗瑞德說最後一句話的時候，他們看到的畫面就漸漸消失不見了。史古基和幽靈又踏上了新的路程。

他們到了許多地方，也看到了許多事情，他們拜訪了很多家庭，大部分的家庭都充滿快樂和歡笑。他們也站在病人的床邊，病人因此開心了起來。他們也看到工廠裡、醫院裡及監獄裡的貧窮和悲慘，但每次都因為幽靈的祝福使他們變得有錢了一點，快樂了一點。

這個夜晚真漫長！奇怪的是，時空似乎凝結了，還讓史古基感到奇怪是，但他的外貌並沒有發生改變，可是幽靈看起來卻越來越老。史古基注意到了這點，但他沒有說出來。此刻他們站在一個空闊的地方，幽靈的頭髮已經變得花白。

「你們幽靈的生命都這麼短暫嗎？」史古基問道。

「我在地球上的生命非常短暫，我今晚就會死掉。」幽靈說。

「今晚？」史古基叫道。

「今晚午夜。我的時間不多了。」

這時，時鐘走到了十一點四十五分。

「恕我冒昧問一個問題，我注意到有個東西插進了你的衣服，應該不是你的身體，是你的腳，還是爪子？」史古基說。

「應該是一隻爪子，你看這裡。」幽靈悲傷地回答道。

幽靈從他袍子的綴褶處拿出兩個小孩，他們衣服破爛，全身髒兮兮，看起來很可憐、淒慘、醜陋、卑微。他們跪在幽靈腳邊，緊抓著幽靈的袍子。

「看這裡，往下看。」幽靈說。

是一個男孩和一個女孩。他們臉色發黃、身體單薄、衣著襤褸、愁眉苦眼，貪婪地、卑微地俯臥在地上，在他們身上完全看不出青春的氣息和神采，彷如被一雙骯髒、乾癟的手蹂躪得不成人形。天使坐在那兒，受人崇敬，而惡魔潛伏在一旁，發出威脅的訊息。不管是改變、墮落，或是人性的顛倒，任何奇特的情形都不及這景象一半的恐怖和可怕。

史古基被這個景象嚇住了。他想說謊，想說他們是好孩子，但話哽在喉嚨吐不出來。

「幽靈，他們是你的孩子嗎？」除了這句，史古基說不出其他的話。

「他們是人類孩子。這個男孩是『無知』，這個女孩是『貪婪』，他們從祖先身旁逃走，依附在我身上，你一定要提防他們兩個和他們的同類，尤其是這個男孩。因為我看到他的額頭上面寫著『命運』，除非能將之消除，否則人類最終要滅亡。」幽靈手臂向外張開指向城市，大聲叫道：「你們儘管否認吧！任由你們去中傷那些說出實情的人吧！就任由你們為了爭權奪利而忽視這些事實的存在，讓情況變得更糟吧！你們一定會得到報應的！」

「他們沒有其他避難之處嗎？」史古基大聲喊道。

「這兒沒有監獄嗎？沒有習藝所嗎？」幽靈竟模仿史古基說話。

鐘聲敲響了十二下。

史古基四處張望，什麼也沒有，幽靈也不見了！

當最後一響的鐘聲響過之後，他想起了馬力的預言。史古基睜開眼睛，看到一個身披長袍、頭戴圍巾的幽靈正朝他走來！

STAVE Ⅳ：

The Last of the Spirits
最後一個幽靈

幽靈靜靜地、緩慢地朝他走過來，非常嚴肅。當它走進時，氣氛也隨之變得陰鬱、神祕。史古基跪了下來。

幽靈身上穿著一件黑色的長袍，臉和身體都遮住了，只剩下一隻手露在外面，很難在黑夜裡辨別清楚它的形體，它幾乎與黑夜融為一體了。

當幽靈靠近史古基時，他感覺到它既高大又威武，而且神情嚴肅，那股神祕感讓他極為害怕。幽靈站在他身邊，始終不發一語。

「在我面前的是將來之聖誕幽靈嗎？」史古基問道。

幽靈沒有回答，只是用手指了指前方。

史古基繼續問道：「你是要讓我看那些還沒有發生，但即將要發生的事情嗎？是這樣的嗎？」

那件遮蓋著幽靈上半身的長袍上半部的縐褶突然縮動了一下，好像是點了點頭。這就是史古基得到的唯一答案。

雖然這段時間，史古基已經習慣了跟鬼神做伴，但對於這個沉默的形體仍是十分害怕。他的雙腿發抖，只能勉強跟著幽靈向前走。看見史古基這麼害怕，幽靈停了下來，讓他調整一下心情。

一想到有幽靈那雙詭異的眼睛正躲在斗篷下直直地盯著他，史古基就有一種莫名的恐懼，雖然除了幽靈放在斗篷外的手和一團漆黑的形體之外，他什麼也沒看見，史古基還是很害怕。

史古基哭喊著說：「比起其他幽靈，我最怕你。但我知道，你是為我好。既然我已經打算改過自新，做個好人，我就已經作好準備跟你一起走了，你可以跟我說說話嗎？」

幽靈還是沒回答。它的手指向前方，這就是唯一的回答。

「幽靈，那就帶路吧！時間很寶貴，因為夜晚的時間過得很快，我們走吧！」史古基說。

幽靈繼續向前走，還是像來時一樣沉默無語。史古基跟在它的黑長袍後面，長袍飄了起來，引領著他向前走。

他們來到了城鎮的市中心，交易所裡全是生意人，他們有些人匆忙地來跑來跑去，也有人三三兩兩地談論事情，有人不斷地低頭看錶，就像往常史古基看到的一樣。

幽靈在一小群生意人旁邊停下來，還用手指著他們。史古基走近聽他們說些什麼。

一個有大下巴的胖男人說：「我不是很清楚！我只知道他死了。」

「他是什麼時候死的？」另一個人問道。

「我想是昨天晚上。」

「他怎麼了？」有人如此問說，一邊拿出了鼻菸盒，吸了一大口鼻菸，又說：「我還以為他永遠不會死呢！」

「天知道！」胖男人打了一個哈欠回答說。

「那他的財產怎麼處理呢？」一個臉紅紅，鼻子長著一個大瘤的男人問道。

那個胖男人又打了一個哈欠，說：「還沒聽說，可能留給他的夥伴吧！反正他不會把錢留給我。」

聽到這兒，大家都笑了。

那個人胖男人又接著說：「葬禮一定很簡單，因為我知道沒什麼人想參加，你會自願參加嗎？」

「要是提供午餐的話，去也無妨，要我去，就要有吃的。」鼻子長瘤的人說。

大家又笑了。

胖男人又說：「我根本不想去，我從來沒有戴過葬禮上的黑手套，也沒有在葬禮上吃過午餐。不過，如果你們都去，我就去。我想了一下，我想我應該是他唯一的朋友啊！因為走在大街上，我是唯一一個遇見他時，會停下來跟他打招呼的。」

人群散開了，每個人都隨意地散著步，跟其他人聊起天來。

史古基看著幽靈，因為他很驚訝，這樣的一種隨意談天，到底有何重要性，為什麼要讓他聽呢？他希望幽靈能給他一個合理解釋。

幽靈飄到了一條街道，手指向正好碰在一起的兩個路人。史古基繼續聽著他們的對話，心裡想著：或許透過他們的對話就能找到解釋。

他認識這兩個人，他們也是生意人，兩人都非常有錢，也很受到尊重。史古基一直很重視他們在商業上的觀點。

「你好。」其中一個人說。

「你好。」另一個人回答。

第一個人說：「魔鬼終於把他帶走了。」

第二個人說：「我也聽說了。天氣真冷啊！」

「聖誕節這麼冷不是很正常的嗎？我想，你不溜冰吧！」

「不，我還要忙其他事情呢！再見了！」

話題就此打住了。這就是他們的見面，他們的對話，他們的離別。

剛開始，史古基對幽靈對這樣瑣碎的對話這般重視感到很驚訝，但他也相信這樣做一定有什麼含意，於是他開始思考含意到底是什麼。他們不可能在談論他的老搭檔馬力的去世，因為那已經是過去的事了，而這個幽靈代表的是未來。他一時也想不起有什麼人跟他認識，而且和剛剛談話的內容吻合。但可以肯定的是，不論他們談論的是誰，從他們的談話中，還是聽得出來，他們討論的那個人在生命最後的日子裡改變了許多，也讓他們對他心生同情。史古基決定牢牢記住他所聽到的每一個字，所看見的每一個食物，尤其是等未來的自己出現後，一定要好好地觀察一下。因為他有一種預感，他的未來會將他漏掉的線索重拾回來，他就能輕鬆地解開謎團了。

史古基四處尋找未來的自己，但他只看見另外一個人站在一個角落裡。雖然此時是他平常會出現在那兒的時間，但他並沒有在人群中看到自己的身影。他一點都不驚訝，因為此刻的他已經決定改變現在的生活方式了。他心裡想著：希望著一個全新的史古基出現在自己面前。

幽靈安靜地出現在他身邊，它的手還是伸在長袍外。當史古基從沉思中喚醒過來時，他發現幽靈的頭慢慢地轉動了起來，最後轉向了他。幽靈長袍下藏著的眼睛直直地盯著他，那目光讓他一陣顫慄、渾身發冷。

隨後他們離開了繁華的街區，來到了小鎮上一個偏遠的地方，史古基從來沒來過這裡，但他一眼就認出這個名聲狼籍的地方，街道狹窄又骯髒，而且散發著臭味；商店都關門了；房子都倒塌了；住在這裡的人不僅長得醜，而且渾身酒氣，衣衫襤褸。整個地方都充斥著一種罪惡、骯髒和神祕的氣氛。

狹窄的街道上，有間商店在其他房子的襯托下顯得十分突出。史古基從窗子往裡看，看到成堆生鏽的鑰匙、鐵鏈、鉸鏈、公文箱、天平、秤和各種各樣的鐵製垃圾，四處散落在地板上；四處散落的破布堆得像小山一樣，一箱箱的動物骨頭和內臟也放在一起。一個頭髮花白、將近七十歲的老傢伙，正坐在貨物中間的一堆炭火旁。為了擋住外面吹進來的冷空氣，他掛了一個破窗簾來禦寒。但看起來，無論是商店裡骯髒的狀況，還是外面寒冷的空氣，都不會影響到他吞雲吐霧的好心情。

史古基和幽靈穿過牆壁，進到屋內時，正巧有個面容憔悴、上了年紀的婦人拖著一個沉重的包袱，進了房間。才沒多久，又一個婦人也揹了一大捆東西進來，又跟著來了一個穿著黑衣的男人。當男人看見女人時，大吃了一驚，而當他們認出彼此時，更是吃驚得說不出話，顯然他們是認識的。就連抽菸的老人也愣住了，在驚奇過後，幾個人爆出了笑聲。

第一個進來的女人說：「我是第一個來的，我是第一個！洗衣婦是第二個來，殯葬師的助手是最晚到的。老喬，我們三個沒約好喔！難道這不是一種巧合嗎？」

「這裡是你們碰面的最佳場所！」老喬把菸斗從嘴裡抽了出來，又說：你早就在這裡自由進出了，對這裡太熟悉了，另外兩個人也不是第一次來。等一下，我先去關門。喔，真刺耳！鉸鏈生鏽得太厲害了，大概像我這把老骨頭一樣老。哈哈哈哈，到客廳去，快到客廳去！」

客廳就是那塊破布簾後面。老喬用一根舊樓梯欄杆撥了撥火中的煤，然後用菸管清了冒煙的燈芯（因為已經是深夜了），才又把菸斗放進嘴裡。

在他做這些舉動的時候，清潔女工把包袱丟在地板上，大刺刺地坐了下來，手肘交叉撐在膝蓋上，帶著充滿敵意的目光望著另外兩個人。

「蒂爾伯太太，那有什麼關係？每個人還不都是為自己打算啊！他向來如此啊！」清潔女工說。

「的確是這樣。沒有人比他做得更徹底的了。」洗衣婦說。

「既然這樣，你就不要一副很害怕的樣子。誰要當傻子啊？我想我們不會互揭瘡疤吧？」

蒂爾伯太太和那個男人異口同聲地說：「當然不會！我們也不希望啊！」

清潔女工喊道：「那就好了！人都死了，又怎麼會需要這些東西呢？」

「對啊！」蒂爾伯太太說著說著，竟笑了出來。

「這個邪惡的老吝嗇鬼，如果死後他還想擁有這些東西，那麼在他有生之年為何不大方一點？如果他大方一點，在臨死的時候就會有人照顧他，而不是一個人孤零零地躺在那兒，嚥下最後一口氣。」

「你說的沒錯！這是我聽過最實在的話。這是他應得的報應。」

清潔女工回答道：「我希望對他懲罰重一點。我敢說，要是我還能偷走其他的東西，我一定不客氣。老喬，打開包袱看看有什麼，幫我估個價，你就直說吧！我不怕當第一個，也不怕他們看到。我們都很清楚，我們這麼做其實是自力救濟，不是什麼大罪惡。老喬，打開吧！」

但是，其他兩個人可不願意讓她成為打開包袱的第一人。穿黑衣的男人從長凳上站了起來，率先打開了他的包袱，裡面沒多少東西，只有兩個印章、一個鉛筆盒、一對袖釦，還有一枚的胸針。老喬仔細檢查這些偷來的贓物，然後在牆上記下給每件物品的價格，最後才把總價加起來。

老喬說：「六便士，就這個價，不可能再多了！好了，下一個是誰？」

蒂爾伯太太接著打開了她的包袱，裡面有幾條床單和毛巾、兩根舊款的銀湯匙、一個糖夾子，還有幾雙靴子。老喬也像剛才那樣，在牆上把所有贓物的價錢計算好，最後報了一個總數給蒂爾伯太太。

老喬補充道：「我對女士比較慷慨，這是我的缺點，這就是給你的價。要是你再多要一毛錢的話，我可能會對自己的大方感到後悔，我就會恢復生意人該有的態度，多扣你半克朗。」

「現在我可以打開我的包袱了。」清潔女工說。

老喬蹲了下去，以方便打開包袱。解開很多個結後，看見裡面有一大捲黑布，而且很重。

老喬說：「這是什麼？床帷嗎？」

這個女士一邊驚叫，一邊抱著肚子笑著說：「是啊！」

「你不會在他還沒嚥下最後一口氣時，就把這些全部都扯下來捲起來了吧？」

這個女人回答道：「是啊！為什麼不扯呢？」

老喬說：「你有發財運！」

「只要我的雙手能拿到的東西，我就不會放過！況且，對像他這種人我是不會客氣的。」這個女人冷酷地回答道：「不要把燈油滴到毯子上去了，注意！」

「這是他的毯子嗎？」老喬問道。

她不屑地回答道：「不然還會有誰？我敢說，沒這些東西他也不會感冒。」

「希望他不是得傳染病而死的……」老喬中斷了自己的話，檢查著物品。

女人回答道：「這你不用擔心。如果他得傳染病的話，像我這樣討厭他的人是不會待在他身邊太久的。你可以盡量看，在這件襯衫上你絕對找不到一個破洞、一個補丁或任何破損之處。這是他最好的一件襯衫，要不是被我拿來了，那就浪費了。」

「你說『浪費』是什麼意思？」老喬問道。

她大笑著回答：「這件衣服本來是要跟著他一起火化的，有人已經把這件襯衫穿在他身上，但我把它脫了下來，幫他換了一件舊的棉質襯衫，穿起來很合身也很好看啊！」

史古基聽著這段對話，心裡十分恐懼。

這幾個人聚坐成一團，在老喬的油燈散發出來的微弱燈光下討論著他們的戰利品。史古基看著他們，覺得再沒有比這個更厭惡、噁心的了。

當老喬取出一個裝滿錢的法蘭絨盒時，那個女清潔工笑了。

「哈哈哈！你們看，這就是他的下場。他生前把我們所有人都趕走了，但我們卻在他死後，從他身上獲利不少。哈哈哈哈！」

史古基渾身顫抖地說：「天啊！幽靈，我懂了，他們說的那個生活不快樂的人可能就是我啊！就我目前的狀況看來，我的下場應該就是那樣。但是，仁慈的上帝啊，到底為什麼啊？」

史古基忘記了恐懼，因為他看到的場景已經改變了。

此刻他們站在一張床旁邊，那是一張空無一物的床，沒有床帷，沒有毯子。破爛的床單下有個東西靜靜地、一動不動地躺在那裡。

房間非常暗，以至於無法清楚的看看四周。史古基四下看了看，焦急地想要知道這是誰的房間。窗外有一道蒼白的光射進來，直接照在床上，一具被洗劫一空，身邊沒半個人守護的男人屍體就放在那裡。

史古基看了幽靈一眼。幽靈指著屍體的頭部，像是在告訴史古基動手掀開那張破床單，去看看那張臉。床單只是隨便蓋著屍體，並不需要多少力氣就能掀開，但是史古基動不了，他沒有半點力氣，就連掀起薄床單如此容易的事也無能為力，就像他無法趕走幽靈一樣。

「啊，冷酷又可怕的死亡之神，你在此設下了祭壇，並以你所能支配的恐懼來做裝飾吧！這可是你的專長。但是，對於那些受人們喜愛、尊敬、崇拜的人，你根本動不了他們一根汗毛，也沒辦法讓他們變得面目可憎，這並不是因為他們的雙手已垂下，心臟和脈搏已停止跳動的關係，而是他們在生前曾經展開雙臂樂於助人，他們的心曾經勇敢、溫暖、溫柔，脈搏曾經流動著熱血。幽靈啊，攻擊吧！看看那傷口湧出的熱血，那將會使這世界生生不息！」

周圍安靜無聲，並沒有人跟史古基說這些話，但當史古基望向床的時候，耳邊響起了這些話。他心想：如果躺在床上的那個人死而復生，他第一個念頭是什麼？是欲望、競爭激烈的生意……這些想法充斥著他的腦袋。

空蕩蕩的房間裡一片漆黑，沒一個男人、女人或小孩陪伴這具屍體，敘說他以前對他們有多和善，或因為他曾說過的一句好話而陪伴他。一隻貓抓著門板，爐底石下有老鼠啃噬東西發出的聲音，牠們想在這個躺著死人的房間裡得到什麼呢？為何牠們如此匆忙、慌亂？史古基不敢再往下想。

「幽靈，這地方太可怕了，我們立刻離開吧！我已經得到教訓了，這個教訓我終生難忘，相信我！我們走吧！」

但幽靈一動沒動，還是站在那裡，用手指著床單下屍體的頭部。

「我已經明白你要告訴我的事情，要是我可以的話，我會掀開床單，可是，我實在沒有力氣，幽靈，我實在沒勇氣啊！」

幽靈的雙眼死盯著史古基，但它還是一動也不動。

史古基痛苦地說：「幽靈，求求你！要是在這個城市裡，還有人會為了這個人的死而感到傷心的話，麻煩你快帶我去看看，求求你了！」

幽靈在他面前如展翅一般地揮開長袍，然後又收攏了起來。當長袍再次展開時，他們來到一個房間，而此刻是白天，他看見了一個母親和她的幾個孩子。

那個母親看起來很焦慮，似乎在等什麼人。她在房間裡走來走去，一會兒看錶，一會兒焦急地往窗外張望，一會兒又拿起針線，一會兒又放下。孩子們玩耍的吵鬧聲讓她心煩氣躁，其實只要房子裡一有任何聲響，都會讓她激動地跳起來。

她盼望許久的敲門聲終於響起了！她衝到門口，幫丈夫開門。他的丈夫很年輕，但卻是滿臉愁容，憔悴不堪。他的表情有點詭異，那是一種讓他有點羞愧又感到慶幸的表情，看得出來是極力壓抑著某種情緒。

他在火爐邊的餐桌旁坐了下來，吃起了家人為他準備的晚餐。在一陣沉默之後，臉色慘白的妻子問他有沒有新消息，他面露難色，不知道如何回答。

「是好消息還是壞消息？」

「壞消息。」

「我們破產了嗎？」

「我們還有希望，卡洛琳。」

「要是他大發慈悲同意延長還款期限，我們就有希望，但這根本是個奇蹟，奇蹟真的會發生嗎？」

「他無法大發慈悲了，因為他死了！」

如果她的表情沒半點虛假的話，便可以說她是個溫柔、有愛心的人。她先是為他的死鬆了一口氣，馬上又為自己的這個想法感到羞愧，並請求上帝原諒。當她聽到消息閃過的第一個念頭其實是發自內心的。

「我打算去找他，求他多給我們一個星期的時間，是昨晚我跟你說的那個半醉半清醒的女人告訴我的。我以為那是他不想見我的藉口，但這個消息是真的，那個時候他病得很嚴重，好像快死了。」

「我們的債務怎麼辦？要還給誰？」

「我不知道。我想，在知道是誰之前，我們一定會籌到錢的。即使我們沒錢，那個接管他債務的人一定會比他善良，再沒有什麼人會比他更沒仁慈之心的了。所以，親愛的卡洛琳，我們今天晚上可以稍微輕鬆一點，好好睡一覺了。」

他們的心情的確輕鬆了一些，而圍繞在他們四周默默聆聽的孩子們，儘管聽不太懂內容，氣色也明亮了起來。那個男人的死，竟然為這個家帶來了歡樂！

幽靈給他看的正是因這個事件引起的快樂情緒。

「幽靈，你帶我看到的，是別人因他的死而開心，難道就沒有人為他的死而難過的嗎？人難道不再為親人的去世而哀傷了嗎？我一定要看到有人為了別人的去世而哀傷，否則，我在那個漆黑的房間裡所看到的情景將會在我腦海中揮之不去。」

幽靈帶著史古基穿過了幾條熟悉的街道。一路上，史古基四處張望，想找尋自己的身影，但他什麼也沒有看到。他們來到鮑伯・克萊奇特的家門口，現在之幽靈之前曾帶他來過。屋子裡，克萊奇特太太和孩子們正圍坐在壁爐前。

屋裡非常的安靜，就算是愛吵鬧的那兩個孩子，也像是雕像般地靜坐在角落裡，望著正在看書的彼特，母親和女兒們則做著針線活兒，一切都是那麼的安靜。

「耶穌叫了一個孩子，讓他站在他們中間。」

史古基是在哪聽過這些話的？他並不是在作夢，一定是在他們穿過門廊時，那個男孩大聲念出來的，但為什麼不繼續說下去，而要停下來呢？

母親將手裡的活兒停了下來，把布放在桌上，雙手捂住了臉。

「這顏色讓我的眼睛很不舒服。」她說。

顏色？啊！可憐的小提姆。

「不過現在好多了。在這麼微弱的燭光下縫衣服，我的眼睛很難受，我不能讓你們的父親回家後看見我疲累無神的眼睛，他應該快到家了。」克萊奇特太太說。

彼特闔上書本，回答道：「已經超過時間了，我想他現在走得比較慢，會比平常晚一點到家，這幾天都是這樣，媽媽。」

他們又安靜了下來。最後，她強顏歡笑地說：

「我知道……我知道他以前扛著小提姆，走得很快。」

彼特喊道：「我也知道！我一直都知道。」

「我們都知道！」其他幾個小孩也喊了出來。

克萊奇特太太繼續說著，隨手拿起了縫衣針：

「不過，小提姆很輕，你們的爸爸很疼他，所以一點都不覺得麻煩，不麻煩！你聽，你們的爸爸回來了。」

她趕忙開門讓丈夫進來，可憐的鮑伯走了進來，脖子上還是圍著那條羊毛圍巾。茶早就幫他準備好放在壁爐的鐵架上了，幾個大孩子搶著幫爸爸端茶，兩個小一點的孩子爬上了爸爸的腿，把臉貼近爸爸的臉，彷彿是在告訴他：「別擔心，爸爸，別難過。」

與家人共處的鮑伯顯然很開心，他愉悅地和家人聊天。他一看到放在桌上的針線活兒，便讚美起妻子和女兒的手藝。

他說：「到星期天一定能做好，到時就可以穿了。」

「星期天！你今天去過那裡了嗎？」妻子問道。

鮑伯輕聲回答道：「是的，親愛的，我今天去了，我真希望你也跟我一起去，那裡綠草如茵，安靜詳和，心裡應該會好受一點的。不過以後多的是機會，我答應他以後我們每個星期天都會去看他。我可憐的孩子啊！」

他崩潰了，再也忍不住悲傷，淚流不止，久久不能自己，可見他和家人的感情有多麼親密。

他起身離開房間，走到樓上一個房間裡，房間裡燈火通明，還裝飾著各種聖誕飾品。在孩子身旁放著一把椅子，看得出最近經常有人坐在這兒。可憐的鮑伯坐了下來，陷入沉思，他屈身向前，吻了吻孩子小小的臉蛋。此刻的鮑伯已經接受了已發生的事實，他認命了，於是開心地走下樓。

他們一家人圍坐在火爐邊聊天。女孩們和母親繼續做著針線活兒。鮑伯跟他們說，史古基先生的外甥有多麼仁慈，雖然只有數面之緣，但那天在街上碰到他，他一眼就看出鮑伯的心情很沮喪，似乎正為某事所困擾。

鮑伯說：「他看我情緒有點低落，問我發生了什麼事，我就把發生的一切都跟他說了。他真是世界上最善良的人了！他說他為我們感到難過，為我的好妻子感到遺憾。他是怎麼知道這件事的呢？」

「知道什麼？」

「為什麼他知道你是個好妻子呢？」鮑伯回答道。

「大家都知道媽媽是個好母親。」彼特說。

鮑伯喊道：「說得真好，好孩子，我希望大家都是這麼想的。他遞給我一張他的名片，又說：『這是我住的地方，如有需要我幫忙，請儘管來找我。』」他真善良啊！其實，並不是說他真能幫我們什麼忙，而是他那誠摯、親切、和善的態度，讓人十分窩心啊！那麼誠心的希望能幫忙我們。就好像他真的認識我們的小提姆一樣，我們的痛苦他能感同身受！」

「他一定是個好人！」克萊奇特太太說。

鮑伯回答道：「要是你遇見他，跟他交談後，你會更加肯定他是個好人！說真的，要是他幫我們的彼特找到一份工作，我也不會驚訝。」

「聽到了嗎？彼特！」克萊奇特太太高興地說。

其中一個女孩接著說：「到時候，彼特就會交女朋友，然後結婚，然後……」

「你想太多了！」彼特呲著牙喊道。

鮑伯說：「這也不是不可能，不過是遲早的事。親愛的，當你們長大了，結了婚，有了自己的小孩，總有一天我們會分開，但我們一定不會忘記我們的小提姆……永遠不會忘記此時此刻我們第一次與家人的分別。」

「我們絕對不會忘記的，爸爸。」孩子們喊道。

鮑伯說：「我知道！我知道！親愛的孩子們，雖然小提姆只是個小小孩，當我們想起他是一個多溫良、多勇敢的孩子時，我們就應該三思而後行，絕對不要輕易吵架，否則就等於忘了小提姆。」

孩子們齊聲喊道：「爸爸，我們絕對不會的。」

「我很高興，我真的很高興！」

克萊奇特太太吻了鮑伯，女兒們和兩個年幼的孩子也吻了父親，彼特則跟爸爸握了握手。小提姆的靈魂啊，你純真如童稚般的本質來自於上帝的給予啊！

「幽靈，我覺得我們分手的時間快到了。你能不能告訴我，那個死了的人到底是誰？」

將來之幽靈帶著史古基來到了將來的某個時間。其實他們到過的時間片段看起來是沒有次序的，但都是將來會發生的事。他們來到生意人常去的地方，但他看不到將來的自己。

將來之幽靈一直往前走，沒有停下來，好像會就這樣一直往前走下去，直到史古基祈求他稍微停下來一下。

史古基說：「穿過巷子就是我工作的地方，我看到我的辦公室了。讓我看看將來的我是什麼樣子吧！」

幽靈停了下來，卻指了另外一個方向。

史古基問道：「我的辦公室在那邊，你怎麼指別處啊？」

幽靈的手沒有移開，還是指著那裡。

史古基衝到辦公室的窗前，往裡面看，仍是一間辦公室，但已不是他的辦公室了。傢俱都換了，坐在椅子上的人也不是他。

幽靈手指的方向依然沒變。

史古基抓著幽靈的長袍，離開了這裡。他心裡想著：為什麼我不在辦公室，我到底跑到哪兒去了？這一次，他們在一扇鐵門前停了下來。在開門前，史古基遲疑著看了看四周。

是墓園啊！那麼剛剛死掉的那個人應該就躺在這裡的地底下，而他應該可以知道他是誰了。這地方果真是一座名符其實的墓園，四周被房子環繞，擁擠不堪，或許是埋了太多屍體，從土壤中吸取到充足養分之故才會雜草叢生。對這個傢伙來說，被埋在這個地方，真是活該！

幽靈在墳墓之間走來走去，最後停下來，並指著其中一個。史古基走近那座墳墓，全身顫抖。儘管幽靈站在那裡一動也不動，史古基還是從它那像死人般的表情上，感覺到了一些不同尋常的意義，似乎充滿了恐懼的氛圍。

史古基說：「幽靈，在我走到你指的那塊墓碑之前，請回答我的一個問題。剛才你帶我看到的那些幻影都是會發生的嗎？還是可能會發生？」

幽靈還是指著那塊墓碑。

史古基說：「從一個人的所作所為可以看出他未來的命運，如果他一直都是同樣的作為，那結果是必然的，但如果他能改變作為，命運也會因此改變嗎？你快跟我說是可以改變的，你將要告訴我的事實，讓我很害怕！」

幽靈還是跟剛才一樣，一動也不動。

史古基渾身顫抖，安靜地走到它身旁，然後順著它手指的方向看過去，他看見那塊墓碑上刻著自己的名字——埃伯尼・史古基之墓！

史古基跪在地上，哭著說：「我就是那個躺在床上的人嗎？」

幽靈的手指了指史古基，又指了指墳墓。

「不！幽靈，噢，不！不！」

幽靈的手指依然指著那座墓碑。

史古基抓著幽靈的長袍哭喊道：「幽靈，你聽著！我不再是從前的那個我了，我不再做從前那個可悲的史古基了。我如果我已經沒希望了，為什麼你還要帶我來看這些幻影？」

他第一次看到幽靈的手在顫抖。

史古基從地上爬起來，繼續懇求道：「善良的幽靈，你是好心人，你一定要同情我。請告訴我，如果我改變我的作為，我就有機會改變我的命運！」

幽靈的手顫抖著。

「從今以後，我會打從心底尊重聖誕節，並且會永遠保持聖誕節的精神，去幫助別人。我會記住過去、現在和將來之幽靈引領我所看到的一切，我不會忘記三位幽靈給我的教訓。噢，求求你告訴我，還有辦法擦掉墓碑上的名字嗎？」

在激動的情緒下，史古基忍不住伸出手去抓著幽靈的手。幽靈試著掙脫，但還是被史古基抓住了，而幽靈比史古基的力氣大得多了，一把就他的手拿開了。

史古基無助地乞求幽靈能改變他的命運。突然間，他看到幽靈的帽子和長袍開始縮小，而且越縮越小，最後變成了一根床柱裡！

STAVE V：

The End of It
大結局

沒錯！只有一根床柱，是他家的那根床柱，也就是他的床，他的家。而最令他開心的是，時間是完全屬於史古基自己的了，因此，他可以趁機彌補過去的一切了。

「我會記住過去、現在、將來發生的事情！」史古基發了誓，一遍一遍地重複這句話，然後下了床。

「我會將三位幽靈牢牢記心裡。啊，馬力！啊，感謝上帝！感謝聖誕！感謝你們。我跪下發誓，我發誓！」

此刻，史古基內心無比激動，滿腦都是行善的念頭，激動得嗓子都喊啞了！而且哭得很慘，臉上滿是淚水。

「他們沒有拿走床帷！」他大聲哭著，手緊抓著床邊的布簾。

「他們沒有拆走！吊環和其他東西單還在，所有的東西都在，我也在這裡。幻影中的景象是可以消除的，我知道是可以消除的！」

史古基手忙腳亂地穿好衣服，他又高興又興奮。把衣服翻過來穿在身上，又撕又扯，然後丟在地上。

「我不知道該做什麼！」史古基又哭又笑地喊著，把長襪當海蛇，把自己裝扮得像極了一個拉奧孔。

「我現在心情有如羽毛一樣輕！像天使一樣開心！像男學生一樣快樂！像個喝醉的人一樣頭暈暈！祝大家聖誕快樂！全世界聖誕快樂！嗨！哈囉！萬歲！」

史古基輕快地跳著進入客廳，氣喘吁吁地站在那裡。

「這是我煮肉湯的鍋子，還在壁爐裡！」史古基叫著，到處搜尋。

「啊，這是馬力的鬼魂穿過的那道門。噢，這是現在之幽靈曾經坐過這個角落。啊，我是透過這扇窗戶看見到處遊蕩、不停號哭的空中幽靈。沒錯，所有這一切都是真的，全部都發生過！哈哈哈哈……」

史古基這麼多年來他從沒笑過這麼多次，笑容看起來十分燦爛！

「我不知道現在是幾月幾號，我也不知道我跟那些幽靈一起待了多久。我什麼都不知道！我覺得自己像個孩子。沒關係，我不在意！我寧願自己是個孩子。嗨！嗚！」

教堂的鐘聲敲響了，發出長長的鐘聲，打斷了史古基澎湃的情緒。叮咚！叮咚！叮咚，叮咚！這鐘聲對史古基來說，聽起來是多麼的令人愉快。叮咚！叮咚！噢，美妙的鐘聲啊！

他跑到窗前，打開窗戶，把頭伸出窗外。

「霧散了！霧散了！天氣雖然冷，但是天空一片晴朗！空氣清新又明亮，令人心神愉快！寒冷的天氣冷得讓人連血液都激動了起來！哦，金黃的陽光多麼燦爛啊！哦，神聖的天空啊！哦，空氣是多麼清新啊！哦，多好聽的鐘聲啊！多美好的生活啊！」

「今天是什麼日子啊？」

史古基看見一個穿著周日做禮拜的衣服的小男孩，那小孩可能也是在周圍遊蕩，四處張望瞧見了史古基。

「什麼？」小孩吃驚地回答道。

「好孩子，今天是什麼日子啊？」史古基重複問道。

小孩又反問了一句：「今天？今天是聖誕節啊！」

「今天是聖誕節！」史古基自言自語起來。

「我沒錯過！三個幽靈出現在同一天晚上，他們只用了一個晚上的時間就讓我看了那麼多景象。他們當然做得到啊！這是當然的！嗨！我的好孩子。」

「嗨！」小孩回答道。

「你知不知道第二條街道拐角處的那家肉鋪？」

「我當然知道。」小孩回答。

「好聰明的孩子！你真是個不錯的孩子！孩子，你知不知道他們掛在櫥窗裡那隻最好的火雞賣出去了沒？不是小的，是最大的那隻。」

「什麼？您是說跟我一樣大的那隻嗎？」

「這孩子真棒！跟他說話真好！孩子，沒錯，就是最大的那隻！」史古基感歎地說。

「還掛在店裡。」

「好！馬上去買！」史古基喊道。

「您在開玩笑嗎？」

史古基說：「我是認真的！幫我去把它買下來，然後請店家的夥計送到我這兒來，我會告訴他們該送到哪裡去。你帶夥計一起回來，我會給你一個先令的小費，要是你們在五分鐘之內回來的話，我會給你半克朗的小費。」

小孩就像子彈一般咻地跑了！他一定是常常練習，不然怎麼可能跑得這麼快。

「我會把火雞送給鮑伯．克萊奇特家。」史古基特自言自語然後，雙手激動地搓來搓去，捧腹大笑著說：「他不會知道是誰送給他的。那隻火雞可是有小提姆的兩倍大呢！哈！哈！哈！真好玩！」

史古基把克萊奇特家的地址寫在紙上的時候，雙手一直在顫抖，但還是寫完了。然後，他衝下樓打開門，等著送火雞的夥計來。當史古基在等人的時候，注意到了大大的門環。

史古基輕輕地、親切地拍拍那個門環說：

「只要我活著，我一定會好好珍惜你的。以前我從來沒多多注意你啊！從你身上，真實地反映了我自己，真是個神奇的門環！噢，火雞來了！嗨！你好！聖誕快樂！」

這隻火雞可真棒啊！這隻火雞很肥了，肥得讓史古基懷疑，牠活著的時候怎麼能站得起來！

「哦，天！拿這麼大一隻火雞，要走到鮑伯住的卡姆登鎮，我看很難喔！你們還是坐馬車去吧！」史古基說。

史古基說著說著就笑了；他付錢買火雞的錢時也在笑；付車費時在笑；

給小費時也在笑；他，一直在笑！一直笑到上氣不接下氣時，他只好坐到椅子上，但笑得越來越大聲，笑得都飆淚了。

他想刮個鬍子，可是對這個時候的史古基來說可是件不簡單的任務，因為他的手抖個不停，更何況還要集中注意力，光是手不抖也未必刮得好。要是真的不小心剃到了鼻尖，他就得綁上一條繃帶，但他仍會一樣開心的。

他換上了最好的衣服，然後上街去了。就像跟著現在之幽靈時所看到的景象一模一樣，街上人潮來來往往。史古把基雙手放在背後，在街上悠閒地走著。一路上，他都是笑容滿面地看著每一個行人。他看起來春風滿面，所以有三、四個心神愉悅的路人也對他說：「早上好，先生。聖誕快樂！」

史古基後來也經常說，這些美妙的聲音是他所聽到最美妙的聲音了！

他沒走多遠，就看見了一位身材健壯的紳士朝他走來。他就是昨天下午曾和他的夥伴一起到他的辦公室拜訪過他，要求他捐錢的募款人。

此時史古基心想：當這位紳士跟我碰面時，會什麼眼光看我啊！

但他也知道，路就這麼一條，閃避是不可能的，所以史古基決定迎面而去。

史古基加快了步伐，迎上他。他抓著那位紳士的雙手，說：

「親愛的先生，你還好嗎？希望你昨天的工作進展得很順利。希望你為窮人募到了很多錢。您為了這項崇高的事業奉獻了如此多的精力，您真是個好人！祝您聖誕快樂！」

「史古基先生！」

「沒錯，就是我。我想您一定不太認同我昨天的做法，我想請求您的原諒，不知道您今天會不會接受……」史古基湊近他的耳朵，低聲地對著他說悄悄話。

「天啊！」

這位紳士大吃一驚，幾乎喘不過氣來，然後接著說：

「親愛的史古基先生，您是說真的嗎？」

「是啊！只要您願意的話，一分錢都不會少！還包括那些我以前沒捐的部分。請問您會接受嗎？」

「親愛的先生——」這位紳士邊與史古基握手，一邊說：「您這麼慷慨，我都不知道該說什麼了！為什麼我——」

史古基打斷他的話，並說：「什麼都不必說了！如果您順路的話，願意常來拜訪我嗎？您願意嗎？請一定要來看看我。」

「當然，我會的！」那位紳士答道。而他的確是真心的。

「謝謝您！我真是有點強人所難。但我非常感謝您。願上帝保佑您！」史古基說。

史古基用一種全新的方式度過了早上閒下來的一段時間。

他先去了教堂，在街道上四處走走。他看著人們匆忙地來來往往，有時輕拍著孩子們的頭，有時向乞丐問候、聊天。一會兒望向別人家的廚房，一會兒透過窗戶看到人們都在享受節日，他也很高興。無論做什麼，無論看到什麼，都讓他感到開心。他從來沒有想像到一次隨意的散步——任何一件事——竟然可以帶來如此多的快樂。

下午，史古基來到了外甥的家門口。

他在門口轉來轉去，一直不敢進去。最後，他鼓起了勇氣，一個箭步衝到門前，敲了敲門。

「請問，你們主人在不在家？」史古基對著開門的女僕說。

「在家，先生。」

「他在哪兒？」

「先生，他跟太太在餐廳，我可以帶你進去，如果您不介意的話。」

「謝謝你，我自己去好了。他認識我。」史古基說著，手已經打開了餐廳的門。

「我自己進去！親愛的。」

史古基輕輕地轉開門把，側著臉探頭進去。屋裡的夫妻兩人正看著布置精美的餐桌，因為這兩人非常注重細節，他們一定會在客人來之前，確認一切是否已準備妥當。

「弗瑞德！」史古基喊道。

他根本已經忘記他的外甥已經結婚了，否則要是他看到外甥的妻子就坐在角落的椅子上，他是不會做這種事的。

「天啊！你看是誰啊！」弗瑞德驚叫道。

「是我啊，你的史古基舅舅。我是來與你們共餐的，我可以進來嗎？」

弗瑞德心腸好，並沒有拒絕讓史古基進來。他還抓著史古基的手久久不放，幾分鐘後，史古基就享受到賓至如歸的感覺，實在沒有比這個讓史古基感到更窩心的了。

客人們隨後也都上門來了——史古基之前都已經跟隨現在之幽靈見過這些人了，他們就像史古基當時所看到的形象一模一樣。弗瑞德看起來沒什麼改變，塔普也一樣，就連那個豐滿的妹妹也一樣。聚會真是棒極了！所有的遊戲、所有的歌曲都讓人陶醉其中，氣氛美妙又充滿了歡樂！

第二天，史古基一大早便到了辦公室，其實他是刻意早到的。因為，如果他是第一個到達辦公室，他就能比鮑伯更早到了。

沒錯！他的確比鮑伯更早到辦公室。九點鐘了，鮑伯還沒來，已經比他平常晚了四十八分鐘。史古基坐在自己的辦公室裡，把門開得大大的，這樣他就能看見鮑伯是什麼時候來上班的了。

鮑伯終於出現了！他在進屋前，脫下帽子，取下圍巾。他一坐到自己的椅子上，便拿起筆迅速動了起來，好像想加緊工作補彌上遲到的那幾分鐘。

史古基儘量裝出以前的嚴厲口吻，大聲吼道：「你現在才來上班，是什麼意思？」

「老闆，不好意思！我知道我遲到了。」鮑伯說。

「你真的遲到了，馬上到我辦公室來。」史古基說。

鮑伯走到辦公室門口的時候，向他乞求道：

「老闆，只此一次，下不為例，好嗎？我保證。因為昨天聖誕節慶祝得太快樂了，所以我才遲到。」

史古基說：「我的朋友，我要告訴你，我再也無法忍受這樣的事情了，所以——」

他從椅子上站起來，走到鮑伯面前，往鮑伯的腰際一推，逼得他踉蹌地退到辦公室外，然後說：「所以，我要給你加薪！」

鮑伯渾身顫抖，順勢把桌上的尺往自己的方向移。有那麼一瞬間，他想拿起那把尺往史古基的腦袋一敲，然後把他綁起來，因為，他看起來像是真的瘋了！

「鮑伯，聖誕快樂！」史古基說。

他的聲音是如此真誠，以至於鮑伯不得不承認他是真心說出這些話的。史古基拍了拍他的肩膀，說：

「聖誕快樂！鮑伯，我親愛的朋友。我要給你一個有史以來最快樂、難忘的聖誕節！我不僅要幫你加薪，還要幫你的家度過難關。今天下午我們一邊喝酒慶祝，一邊來討論一下你家的狀況。還有，鮑伯啊，把爐火燒旺一點，再去買一桶煤回來，放在你的辦公室裡。再多買一些煤回來，快點去！」

史古基說話算話。他發誓要做的一切都做到了，而且還遠遠不止這些。小提姆不僅沒有死，甚至可以不用拐杖就可以走路了。史古基成了他的教父。對於朋友，他是真誠的；對於下屬，他是仁慈的老闆；對於這座城市，他是一位好公民，無論在哪裡，他都是如此。

有人嘲笑他的改變，但史古基任由他們嘲笑。因為他很清楚，在這個世界上所發生的一切好事，在一開始的時候都會受到某些人的嘲笑。而史古基也知道，這些人之所以會嘲笑，乃是因為他們是盲目的，而他們笑瞇了眼的模樣總比其他不討人喜歡的表情好啊！

再沒有幽靈拜訪過史古基，他一直過著幸福的生活。

人們也開始談論他，說他才是真正瞭解聖誕精神的人，比世界上任何一個人都要懂得如何享受，因為他的每一天都像是在過聖誕節呢！

最後，引用小提姆的一句話——「願上帝保佑我們每一個人！」希望我們每一個人都一樣。

延伸閱讀

英國偉大的批判現實主義作家查理斯．狄更斯是十九世紀英國現實主義文學的主要代表作家之一。他的作品在以妙趣橫生的幽默、細緻入微的心理分析，以及現實主義描寫與浪漫主義氣氛的有機結合著稱。

狄更斯一生共創作長篇小說十三部半，其中多數是長篇作品，中篇小說二十餘部，短篇小說數百篇，特寫集一部，長篇遊記兩部，《兒童英國史》一部，他還創作了大量的演說詞、書信、散文、雜詩。

狄更斯一共寫了五部聖誕小說。他寫的這些聖誕小說，不僅是供孩子閱讀，也適合成年人閱讀。這些小說的偉大之處在於它們旨在告誡人們要擁有一顆善良、仁慈、憐憫、容忍之心，讓大人和小孩圍坐在一起閱讀這些小說的時候，感受人性的善惡、體會生活的真諦。希望孩子們在這些小說裡找到快樂，大人們在這些小說裡重拾兒時的童真。

《小氣財神》、《教堂鐘聲》、《爐邊的蟋蟀》雖不像狄更斯的其他長篇小說《雙城記》、《大衛．科波菲爾》、《遠大前程》等在世界文學史上有舉足輕重的地位，但這些作品中的象徵意義卻是不容忽視的。正是這些作品奠定了現代聖誕節的寓意、內涵。在《小氣財神》出版的時候，正值維多利亞時代，當時聖誕節並不像現在這樣廣為人知，而在小說發表之後，作品中的一些情節成了聖誕節的約定風俗，像是家庭團聚、互換禮物、聖誕大餐，甚至連「聖誕快樂（Merry Christmas!）」的說法也因此流行起來。也因此，狄更斯被人們稱為「聖誕之父」。

《教堂鐘聲》（The Chimes）

發表於一八四四年。小說的主人翁是一位名叫托比的腳夫。他因為肉體和精神上的摧殘，對人性失去了信心，轉而相信富人們強加在他和他的同類們身上「天生就是壞人」的看法。他所居住的當地教堂的銅鐘幽靈讓他在新年鐘聲敲響之前做了一場噩夢，夢到死後他深愛的人的未來。讓他知道無論是誰，無論他有多善良，如果渾渾噩噩地隨波逐流，不與困境抗爭的話，終究會走向毀滅。教堂的鐘聲教會了托比沒有人生來就是壞人；人會犯罪，會做錯事是因為人為原因；窮人和富人一樣，有權利去追求提升和幸福。托比在最後終於認清了富人的偽善和自己應處的立場。此小說一共分為四個部分，每個章節命名為「一刻鐘」，象徵著主人翁托比所居住的小鎮上教堂的鐘聲。作者狄更斯透過這樣一個故事抨擊了壓迫者，鼓舞了被壓迫的民眾。

當教堂鐘聲敲響的那一刻，他鼓舞人們屏棄謊言而投奔向真理。

《爐邊的蟋蟀》（The Cricket on the Hearth）

發表於一八四五年。小說的主人翁約翰．皮瑞賓格勒是一名郵差。他和他的妻子多蒂（比他年輕許多）、孩子、保姆蒂莉，還有一名神祕的寄宿者住在一起。有一隻蟋蟀常年在他家的壁爐邊上唧唧叫，就像這個家庭的守護神一般。家人心情苦悶、悲傷時牠一聲不鳴；家人高興、愉悅時牠高聲歡唱。有些時候，主人翁約翰對他年輕的妻子不放心，這隻蟋蟀的鳴叫就像是在警告約翰，他這樣是庸人自擾。這是一篇關於「家的童話」。

主人翁的生活總是不斷地受到卡博．布朗姆的干擾，卡博．布朗姆是受僱於一個叫泰克頓的玩具製造商，泰克頓是一個守財奴，他有一個瞎眼女兒貝薩和兒子愛德華。兒子愛德華離開家到南美洲之後就再也沒有歸來了。泰克頓即將跟卡博·布朗姆的心上人梅結婚。就在故事的結尾，人們才最終發現原來那名神祕的寄宿者就是愛德華。泰克頓的心就像《小氣財神》裡的史古基一樣，最後被聖誕節感化了，同意讓梅跟心上人結婚。

《爐邊的蟋蟀》是狄更斯五部聖誕小說中最暢銷的一部。書一發行就是前兩部銷售量的兩倍。但是，對它的評論卻是毀譽參半。有的評論人對這本書的評價極低，不過威廉·薩克雷卻非常喜歡這部小說，他曾經說：「對我來說，這是本很棒的聖誕小說，充滿了明亮的感覺。讀著這本書就好像是品嘗著小糖果、法國李子一樣……這個故事是那麼真實就像是主人翁皮瑞賓格勒是那樣的生動。」

國家圖書館出版品預行編目資料

小氣財神 / 查理斯・狄更斯(Charles Dickens)作. -- 初版.
-- 臺北縣板橋市 : 雅書堂文化, 2008.12
面； 公分. -- (文學菁選 ; 23)
譯自 : A Christmas Carol
ISBN : 978-986-6648-42-7 (精裝)

873.57　　　　97021508

文學菁選 23

小氣財神

作　　者／查理斯・狄更斯（Charles Dickens）　　2008年12月初版
總 編 輯／蔡麗玲　　定價 199元
副總編輯／劉信宏
執行編輯／莊麗娜
編　　輯／方嘉鈴
特約編輯／黃建勳
封面設計／劉　芸
內頁設計／劉　芸
出 版 者／雅書堂文化事業有限公司
發 行 者／雅書堂文化事業有限公司
地　　址／台北縣板橋市板新路206號3樓
郵政劃撥帳號／18225950　戶名：雅書堂文化事業有限公司
電　　話／(02)8952-4078
傳　　真／(02)8952-4084
網　　址／www.elegantbooks.com.tw
電子郵件／elegant.books@msa.hinet.net

總經銷／朝日文化事業有限公司
進退貨地址／235台北縣中和市橋安街15巷1號7樓
電話／Tel：02-2249-7714　傳真／Fax：02-8249-8715